행복의 씨오쟁이

행복의 씨오쟁이

초판발행일 | 2021년 6월 16일

지은이 | 김영주
펴낸곳 | 도서출판 황금알
펴낸이 | 金永馥

주간 | 김영탁
편집실장 | 조경숙
인쇄제작 | 칼라박스
주소 | 03088 서울시 종로구 이화장2길 29-3, 104호(동숭동)
전화 | 02) 2275-9171
팩스 | 02) 2275-9172
이메일 | tibet21@hanmail.net
홈페이지 | http://goldegg21.com
출판등록 | 2003년 03월 26일 (제300-2003-230호)

값은 뒤표지에 있습니다.

ISBN 979-11-89205-93-5-03810

김영주의 에세이 앤 시

행복의 씨오쟁이

황금알

씨오쟁이는 농부에게 생명과 같은 귀중한 씨앗을 보관하던 가재도구입니다. 선조들의 오랜 경험을 토대로 씨앗을 통풍과 습도가 잘 조절되도록 고안된 농가의 보물단지입니다. 씨오쟁이에 담아둔 씨앗은 양식이 떨어지는 고난이 닥치더라도 없는 셈치고 아껴두었습니다.

나는 어린 나이에 날마다 아궁이가 먹어치우는 땔감을 해야만 했고, 소에게 먹일 풀을 베려고 산으로 들로 쏘다녀야만 했습니다. 농사철이면 모내기와 보리타작을 하는 어른들의 바지랑대 역할까지도 하였습니다. 작은형님이 운영하는 이발소에 땔감을 해주는 대가로 받은 등록금을 내며 중학교를 졸업하고, 부산으로 내려가 술 배달과 얼음배달도 해보았습니다.

본인의 노력과 의지에 따라 한 생애를 건강하고, 행복하며 화목하게 살아갈 수 있지 않을까요? '진인사대천명(盡人事待天命)'이라는 좌우명을 가슴에 안고 현실에 부대끼며 한 생애 동안 수확한 희망의 씨앗 『행복의 씨오쟁이』를 만나는 분들에게 깃털보다도 작은 보탬이 될 수 있기를 바랍니다. 간절한 염원이 봄에 영그는 충실한 이삭을 거두고, 삼복더위에 잘 익은 열매를 따서 말리고, 가을바람에 통통하게 살찐 씨앗을 엄선하여 이 씨오쟁이에 담았습니다.

　사랑과 건강과 행복 그리고 화목의 씨앗을 독자 여러분에게 바칩니다.

차 례

Ⅰ. 첫 번째 씨오쟁이(에세이)

물레방앗간 · 12

큰 솔밭 · 16

화목의 꽃 · 19

장 구경 · 24

덕암처사 · 27

울타리 · 31

얼차려 · 34

절강기 · 37

옹두리 · 41

누님의 뒷모습 · 44

지게와 새끼줄 · 53

나 홀로 여행 · 59

황 노인 · 66

뽕잎 · 69

쁘라삐리운 · 73

직업군인 · 75

자귀나무 꽃 · 80

인연(因緣) · 82

산까치의 노래 · 88

떨켜 · 92

손님맞이 · 96

톡 편지 · 99

석등(石燈) · 102

나의 친구들 · 106

장보고 망루에서 · 109

홀인원 · 114

나비의 신혼여행 · 119

마라도 · 122

벽소령 다람쥐 · 127

강원도래유 · 132

부관페리호 · 139

카파도키아 · 145

죽마고우 · 150

맛기행 · 154

씨오쟁이 · 160

줄탁동시 · 163

남천가족동산 · 166

만월 · 167

용서의 기도 · 169

각오 · 171

건강관리 · 174

고희의 풍경 · 176

설날 · 178

새옹지마 · 180

오병훈 | 김영주 시문집 『씨오쟁이』에 부쳐
희망의 씨앗에서 사랑이 싹트기를 · 186

II. 두 번째 씨오쟁이(시)

숨바꼭질 · 194

봄소식 · 195

들고양이 · 196

섬진강을 그리다 · 198

낭만도시 · 200

요절한 사랑 · 201

딱정벌레 · 202

목련의 결혼식 · 204

참게의 고향 · 205

사량도 · 206

송도해변 · 207

사촌 · 208

민들레 · 209

남바구 · 210

야합화 · 212

가시쟁이댁 · 213

딱새 부부 · 214

아버지 · 215

위양지의 봄 · 216

존티 할미새 · 218

우단동자 · 220

찔레꽃 · 221

동행 · 222

모죽 · 223

구절초아지매 · 224

황혼의 멋쟁이 · 226

창원에 살으리랏다 · 228

향수(鄕愁) · 230

자드락비 · 232

망초의 누명 · 233

후투티 · 234

참나리 꽃 · 235

어머니 · 236

부모님 영전에 · 237

팔순연 축시 · 238

고희연 축시 · 240

감사의 기도 · 242

김영탁 | 김영주의 시에 대하여
공자(孔子)의 시학 그리고 풍류도(風流道) · 244

Ⅰ. 첫 번째 씨오쟁이

에세이

물레방앗간

내 고향 남천 개울가에는 언제나 물레방아가 삐거덕삐거덕 힘
겹게 돌았다. 조상 대대로 맥을 이어온 보(洑)를 막는 일은 쉽지
않았다. 마을 장정들이 모두 나와 개울을 가로질러 말뚝을 박고
큰 돌을 쌓아 올렸다. 틈새마다 나무 다발을 걸치고 모래와 자
갈, 황토를 채워가며 메로 다져야 했다. 보의 한쪽 귀퉁이에 고
랑을 파서 물길을 돌리면 낮은 곳으로 흐르는 물을 물레가 받아
빙글빙글 돌기 시작했다.

이때 물레가 도는 힘을 이용하여 큰 기어와 작은 기어를 맞물
리고 벨트를 이용하여 그 축력으로 쌀과 보리를 찧었다. 고추를
빻고, 가래떡도 뽑았다.

방앗간 옆에는 수정보다 맑은 물이 흐르는 개울이 있었는데
징검다리가 듬성듬성 놓여있었다. 돌과 돌 사이로 참게와 가재,
피라미, 징거미, 새끼새우가 오르락내리락 소풍을 다니고 있었
다. 나는 여름철이면 친구와 함께 이 개울에서 하루에 몇 번씩
이나 멱을 감고 놀았다. 배가 고프면 물속으로 잠수하여 돌 틈
에 놀고 있는 가재와 징거미를 잡아 구워 먹었다. 가재와 징거
미는 불에 익을수록 껍질이 붉그스레한 옷으로 갈아입었다. 징
거미를 입에 넣고 와작와작 씹으면 그 맛이 일품이었다.

주교천은 하동군 양보와 북천, 진교와 사천시 곤양에 걸친 해발 570m의 이명산을 발원으로 한다. 이 산을 분수령으로 하여 물이 북쪽으로 흘러 '북천'이라 불렸고 남으로 흘러 '남천'이라고 했다. 주교천은 양보와 고전을 거쳐 금남면 하구에 이르면 섬진강과 합류하여 남해에 이른다. 그 때문에 갯벌에서 태어난 어린 참게와 새끼 뱀장어가 방앗간이 있는 남천 개울까지 올라와 바위틈에서 한 생애를 보냈다.

아버지는 방앗간 일을 마치면 대나무를 잘라 쪼개고 다듬어 통발과 섶을 만드셨다. 개울을 가로질러 V자 모양으로 말뚝을 박은 뒤 양쪽 둑에까지 섶을 걸치고, 개울 가운데는 통발을 놓았다. 섶의 아랫부분을 자갈로 묻어두면 칠흑 같은 밤을 틈타 개울을 오르내리는 뱀장어가 통발에 들어왔다.

이 귀한 놈을 잡아 집으로 가져오면 엄마는 일류 요리사처럼 뱀장어를 손질하셨다. 석쇠에 초벌구이를 한 다음 양념장을 바르고 살짝 구우면 구수하고 맛있는 냄새가 멀리까지 퍼져나갔다. 잘 구운 장어를 접시에 담아 막걸리 한 사발과 함께 아버지의 소반에 올려드리고, 나머지는 온 가족이 함께 나누어 맛을 보았다.

남바구 들판에 청보리가 쏟아지는 햇살을 받아 누렇게 익어가는 철이면, 보의 틈바구니에서 허물을 벗고 자란 참게가 알을 낳기 위해 섬진강 갯벌을 향해 내려가기 시작했다. 보슬비가 내리는 칠흑 같은 밤이면 알배기 참게는 철갑옷으로 갈아입었다. 두 눈을 죽 **빼어** 안테나처럼 세우고 열 개의 다리를 **뻗어** 둥둥 떠내려갔다.

　이때 숨을 죽이고 지켜보다가 참게가 섶을 넘어가려고 살금살금 기어오를 때 등을 덥석 잡으면 엄지발가락에 털이 부실부실한 참게를 포대에 가득 잡을 수 있었다. 참게를 많이 잡은 날이면 엄마는 옹기에 참게를 차곡차곡 넣었다. 그리고 간장을 펄펄 끓여 붓는 과정을 몇 번씩이나 한 뒤에 공기가 들어가지 못하도록 비닐을 덮고 고무줄로 묶었다. 뚜껑을 덮어 참게간장을 보관해 두었다가 귀한 손님이 오시면 해우(김)와 함께 정성껏 상에 올렸다. 참게간장을 담고 남은 참게는 절구통에 빻아 쌀가루를 섞어 참게가리장(찜)을 만들어 먹었다. 부추와 방아 잎을 썰어 두었다가 가리장이 펄펄 끓은 후 살짝 넣어 먹으면 참게가리장 맛과 방아와 부추의 향이 어우러져 일품요리가 되었다.

　방앗간에서 징검다리를 건너 구불구불한 두렁길을 따라가면 가시덤불에 새 둥지 같은 오두막이 앉아 있었다. 이 오두막은 친구의 부모가 아까시나무 가지를 걷어내고 지은 움막이었다. 냇가에서 머리통만 한 돌을 날라 흙을 섞어 벽을 쌓고, 나무를 걸치고 억새풀로 지붕을 덮었다. 친구네는 밥 지을 양식이 없어 가난의 수렁 속에 살았다. 친구의 아버지는 돌중 차림을 하고 떠돌아다니며 시주로 얻은 양식으로 가족의 명줄을 이어가고 있었다.

　방앗간에서 가래떡을 뽑는 날이면 엄마한테 가래떡 두 가닥을 얻어 가지고 가 친구와 나누어 먹었다. 친구네 방은 벽에 도배도 하지 않은 벌거숭이 벽으로 지냈기 때문에 찬바람이 돌 틈으로 들어왔지만, 그래도 방바닥은 온돌을 깔아 넉넉하게 쌓아둔 땔감 덕분에 따끈따끈하여 냉골이 된 엉덩이를 데워 주었다.

친구와 나는 송홧가루가 날리는 철이 오면 솔가지를 꺾어 껍질을 벗기고 빨아 먹는 송기는 달착지근했다. 냇둑에서 삘기를 뽑고 찔레 순도 꺾어 먹으며 주린 배를 채우고, 자치기와 딱지치기, 구슬치기를 하며 신나게 뒹굴며 놀았다.

방앗간은 우리 가족의 목숨을 이어주는 삶의 터전이었다. 방앗간 모퉁이에는 일하다가 잠시 쉴 수 있는 좁은 골방이 하나 있었다. 나는 그곳에서 낮잠을 자기도 하고 숯으로 벽에 그림을 그리며 어린 시절을 보냈다.

유년의 내 꿈을 무럭무럭 키웠던 물레방아도 멈춘 지 오래다. 지금도 그때를 생각하면 왠지 가슴이 뭉클하고 그리운 얼굴들이 떠오른다. 순수하고 아름다웠던 지난 세월의 물레방앗간.

큰 솔밭

갑오(1954)년 구월 스무닷새, 새벽 서리가 가볍게 내린 날이었다. 노란 바지저고리를 갈아입은 벼들이 알이 꽉 찬 열매가 무거운지 고개를 숙이고 있었다. 이른 새벽까지 깜빡깜빡 졸던 별들이 먼동이 트자 하나둘 씩 사라졌다. 마을 사람들은 어른이나 아이 할 것 없이 벼를 베고, 볏단을 묶어 나르느라 쉴 틈이 없었다.

우리 가족도 한사람 당 너덧 줄씩 나누어 벼를 베고 있었다. 한나절이나 허리 한 번 펼 사이 없이 벼를 베다보니 정오가 코앞에 다가왔다. 산기(産氣)를 느낀 산모는 벼 베던 손을 멈추고 서둘러 집으로 돌아가야겠다는 생각을 했다. 산모의 나이는 올해 마흔넷, 이미 아들 여섯과 딸 넷을 낳아 첫째와 둘째는 하늘나라로 먼저 보냈으니 이번에 임신한 아이는 열한 번째가 되는 셈이다.

서둘러 볏논을 나와 징검다리를 건너고 두렁길을 종종걸음으로 올라가는 숨소리가 마치 짐을 싣고 앵앵거리며 오르막을 오르는 고물 트럭의 엔진소리 같았다. 아름드리 박을 엎어 놓은 듯한 만삭의 배를 안고 서너 발자국을 걷다가 허리 한 번 펴고, 또 걷기를 반복하여 어렵사리 집에 도착하였다.

미리 준비해 둔 출산용품을 들고 큰방으로 들어가 문고리를 면포로 감아 붙들고 산고의 진통을 참고 또 참아내고 있었다. 출산의 물레가 느림보처럼 돌고 돈 뒤에야 갓난아이 울음소리가 솔바람을 타고 산자락으로 퍼져나갔다.

산모의 행동을 예사롭지 않게 지켜보던 열세 살 된 큰딸이 서둘러 엄마의 치맛자락을 졸졸 따라왔다. 아침에 엄마가 챙겨둔 미역을 꺼내 물로 헹구고 가위로 잘라 무쇠솥에 넣었다. 물을 길어 붓고 간을 맞춘 뒤 솥뚜껑을 덮었다. 마른 솔개비로 불을 지펴 끓인 미역국을 놋그릇에 담아 참기름까지 한 방울 떨어뜨리고, 소반에 담아 산모에게 갖다 드리며 어른스럽게 뒷바라지를 해냈다. 부모님의 은덕으로 이토록 아름다운 별나라에 와서 울음소리 하나로 선곡을 뽑은 내 소풍 여정의 첫날이었다.

산 중턱에는 늙은 소나무 백여 그루가 날짐승과 들짐승이 모이는 모꼬지 장소를 만들어 주었다. 송림 가운데 노란 버섯을 닮은 큰 채와 사랑채 오두막은 화백이 그려 놓은 멋진 그림 같았다. 이곳을 다녀간 사람들이 한목소리로 '큰 솔밭'이라고 부르면서 세상에 알려지게 되었다.

이 터전은 할아버지가 일제강점기를 피하여 자손들의 생명을 보존하고 싶은 일념으로 찾아온 곳이다. 오두막 주변에는 대나무와 과일나무를 심고 산자락의 가시덤불을 걷어내고 밭을 개간하여 고구마를 심었다. 서리가 내려 잎이 시들면 이랑을 헤집어 고구마를 캤다. 작은방 한구석에 가마니 채 담아두고 삶거나 구워 먹고 생고구마를 깎아 주전부리로 먹으면 달착지근한 맛이 일품이었다.

밭두렁에는 배나무와 감나무를 심었다. 과일이 익으면 따서 장독에 보관해 두었다가 잔칫날에 요긴하게 썼다. 파젯날이나 할아버지 생신 때에는 마을 어르신들을 초대하여 술과 음식을 골고루 대접하였다. 몸이 불편하여 못 오시는 분은 누님을 시켜 술과 음식을 함지에 담아 보내드렸다.

서산 노을이 붉게 물든 구름을 검게 덧칠하고 나면 북두칠성이 나타났다. 그러면 손톱달이 살포시 내려왔다. 이때를 기다리던 밤무대의 여왕 두견이는 노송 가지에 앉아 떠나버린 임을 그리며 애절한 곡조를 뽑아냈다. 밤의 왕자 부엉이는 낮은음자리로 베이스를 넣었다. 숲속에서 도란도란 이야기꽃을 피우던 고라니 가족은 앞마당까지 내려왔다. 멍석을 깔고 앉아 흐르는 샘을 농주 삼아 밤새도록 마시며 놀다가 수탉이 홰를 치며 목청을 틔우면 화들짝 놀라 줄행랑을 쳤다.

새들의 열병식이 무르익으면 일찍 일어나 쇠죽을 끓여 죽통에 담아주고 할아버지 방 화로에 아궁이의 숯불을 담아 드리고 나면 꾀꼬리가 수고했다며 양 날개를 쳤다. 멧비둘기는 아침 먹을 시간이 되었다며 구구구 알려준다.

소먹이며 꼴 베는 까까머리 소년은 어려서부터 자신이 할 일을 척척 잘도 해냈다. 어서 빨리 자라 어른이 되면 부산, 울산, 창원 같은 넓은 세상으로 나아가 생선국에 쌀밥 한 그릇 마음껏 먹는 꿈을 꾸며 어둑어둑한 두렁길을 소를 몰고 걸어오는 발걸음은 가벼웠다.

화목의 꽃

우리 엄마는 1911년 앵두가 빨갛게 물들어갈 무렵 진주 '너우니'에서 태어나셨다. 살구가 익기 시작할 무렵인 1993년 여든셋에 김해 내동에서 세상을 떠나셨다. 너우니 마을은 남강댐 공사로 수몰되어 지금은 흔적조차 찾아볼 수 없다.

덕유산에서 발원한 경호강과 지리산에서 흘러내린 덕천강이 어우러져 남강을 이루는 널따란 여울이 있던 나루터였다. 이 나루터는 귀곡과 대평을 오가는 뱃길이었다. 나동과 유수를 거쳐 하동이나 호남으로 연결되는 교통의 요충지였다.

엄마의 어린 시절은 남부럽지 않은 살림이라 귀염둥이로 자랐다. 엄마의 친정은 선비 집안이다 보니 어려서부터 「천자문(千字文)」과 「사자소학(四字小學)」을 배울 수 있었다. 한글은 외할아버지를 통해 익혔다. 김만중의 『사씨남정기』를 구해 주면서 한지에 베껴 쓰도록 했다. 상·하 두 권을 겉표지까지 예쁘게 꾸며 막내딸이 시집갈 때 가져가도록 하셨다.

엄마는 이 책을 50여 년간 화장대에 올려놓고 보물단지처럼 애지중지하였다. 사촌 동생이 이 책에 현재 사용하지 않는 자모음 네 글자가 들어 있는 것을 보고 빌려 간 뒤 아쉽게도 자취를 감추고 말았다.

엄마는 열여덟 꽃다운 나이에 너우니에서 100여 리 떨어진 하동으로 조랑말을 탄 신랑을 따라 꽃가마 타고 시집을 오셨다. 신행행렬에는 농사지을 소 한 마리를 앞세우고 떡과 과일, 고기와 생선을 담은 이바지함을 지게에 지고 줄지어 온 뒤 가문의 종부로서 험난한 시집살이 길을 걸었다.

할머니는 엄마가 시집온 지 몇 해 지나지 않아 어린 딸과 아들을 남긴 채 세상을 떠나셨다. 새댁은 세 살이었던 시동생과 한 살배기 시누이를 친자식처럼 키워야 했다. 일제강점기라 집안 살림이 녹록지 않았다. 스무 명이 넘는 대가족의 삼시 세끼를 책임져야만 했다. 먼동이 트기 전에 일어나 목화를 심고, 가을이면 목화송이를 따 물레를 돌려 실을 뽑았다. 삼과 모시로 길쌈을 하여 밤이 이슥하도록 털커덕거리며 베를 짜 옷가지를 만들어 가족을 입히지 않으면 안 되었다.

시아버지와 남편의 바지저고리와 두루마기, 조끼와 도포는 손으로 빨아 다듬이질을 하여 외출할 때면 한시라도 입을 수 있도록 준비하느라 쉴 틈 없는 고달픈 나날이었다.

그 당시 시아버지가 "자부야! 내가 양반집 귀한 딸을 종부로 데리고 와 큰 고생을 시키는구나. 미안하다." 하시는 위로의 말 한마디에 힘겹고 어려웠던 시집살이 고개를 넘을 수 있었다.

할아버지는 할머니가 세상을 떠난 지 몇 해 안 되어 엄마보다 아홉 살 아래인 처녀와 재혼을 하였다. 시동생과 시누이를 해마다 하나씩 결혼시키고 사대 봉제사와 명절제사, 시부모와 낭군의 생일잔치가 한 달에 한두 번씩 이어졌다.

그 당시 마을에 방앗간이 없었기 때문에 벼나 보리는 절구통에 빻아 밥을 지었다. 가마솥에 쌀을 찌고 메로 쳐서 떡도 만들었다. 누룩을 띄워 농주를 담는 등 오만 가지 일을 도맡아 하셨다. 시집살이 고행의 길을 걷는 엄마 모습이 아직도 눈가에 아롱거린다.

할아버지의 뚝심 결단으로 일제의 수탈을 피해 집성촌을 떠나야 했다. 구례 토지들 어귀에 한옥을 짓고 대가족을 이주시켰다. 오봉산 앞들에 둥지를 마련한 지 세월의 수레가 몇 바퀴 돌아가는 사이 할아버지는 진교 집성촌에 남겨둔 재산 대부분을 정리하여 덕암산 자락 일부를 매입했다. 큰 솔밭에 오두막 두 채를 마련하여 다시 대가족을 이주시켰다.

집성촌을 떠나기 전까지 할아버지의 증조부께서 짚신과 가재도구를 만들어 오일장에 내다 팔아 재산을 모았다. 그렇게 구입한 임야와 전답이 수만 평이 넘었다. 해마다 수백 석의 추곡을 거두는 김해김씨 집성촌에서 으뜸가는 부자가 되었다. 조랑말도 두 필 있었고, 일손과 머슴을 여러 명씩 거느린 종가였다. 그러나 세차게 불어 닥친 일제의 수탈을 피할 수는 없었다. 대가족의 목숨을 보전하기 위해 이사를 할 수밖에 없었다.

할아버지의 재혼과 화폐개혁, 삼촌과 고모님의 혼수비용, 저수지 편입 농지의 강제수용으로 남은 재산은 덕암산자락의 오두막 두 채와 개간한 전답 몇 마지가 전부였다. 그러나 일제강점기와 6 · 25의 소용돌이가 휩쓸고 간 뒷자락, 우리 가족은 할아버지의 도포 자락 안에서 무사히 살아남을 수 있었다.

엄마의 음식 솜씨는 달인 수준이었다. 치아가 좋지 않은 어르신을 위해 칼자루나 칼등으로 식재료를 두들겨 보드랍게 다지고, 푹 삶아 물렁물렁하게 요리하여 어르신이 잡숫는데 불편이 없도록 하였다. 사과나 배 같은 과일은 열여섯 등분으로 쪼개고, 파전과 생선, 육류는 일정한 크기로 잘게 잘라 전 가족이 골고루 맛볼 수 있게 하였다. 식구 사이에 언성이 높아지는 일이 없도록 어깨를 토닥거리며 화해시키느라 바람 잘 날이 없었다.

한때는 남천 개울가에 물레방앗간을 차려 가래떡을 뽑고, 남의 집 방아도 찧었다. 그러던 어느 날 넷째 아들의 발목이 절단되는 큰 사고가 일어났다. 바짓가랑이가 돌아가는 기어 틈에 빨려 들어갔다. 금쪽같은 아들을 장애인으로 만들어 놓고 말았다. 아프다며 울부짖는 소리를 눈물로 삼키며 애태우던 모정의 가슴앓이를 누가 알까.

아들, 딸 여덟을 출가시켰다. 남은 늦사리 아들의 취직을 위해 십여 리 두렁길을 종종걸음으로 달려가 관음전에 엎드려 빌고 또 빌었다. 이순을 넘긴 뒤에야 산중턱 오두막에서 오붓하게 살아온 십여 년 세월이 엄마의 생애 중 가장 달콤하고 행복했던 순간이었다. 당시 부산에 사는 둘째 아들이 바나나 한 송이를 사 오면 마을 아낙들을 모두 불렀다. 우리 아들이 사 온 귀한 바나나 맛을 좀 보라며 골고루 나누어주셨다.

남편의 노환을 보살피는 일이 힘에 겨워 임야와 전답을 모두 정리하고 큰아들 집으로 오던 날이었다. 눈가에 그렁그렁 눈물방울을 매달고 두렁길을 내려오는데 "산까치가 맴돌며 울어대더라."며 말끝을 흐렸다.

아버지는 큰형님 집으로 이사 오기 전날 밤 고질병이 악화되어 말문을 닫았다. 부산에 도착하자마자 병원에 입원하셨다가 설을 넘기고 큰 아들 집으로 모신 다음 날 세상을 떠나셨다. 덕암산 꽃대 끝자락에 맺힌 봉우리 한가운데 아버지 산소를 마련했다. 엄마는 먼저 떠난 낭군의 무덤을 부둥켜안고 목 놓아 울부짖으며 이승에서의 고별인사를 하였다.

엄마는 대연고개 언덕배기에 있는 오두막 골방에서 손자 손녀들과 함께 도회지 생활을 시작하였다. 매일같이 마늘 껍질을 까준 대가로 받은 돈으로 형님 가족의 생계를 도왔다.

내동 들판에 아내와 함께 나물 캐러 갔을 때 쑥부쟁이와 돌미나리를 많이 캐 비닐봉지에 담아 주시던 유달리 정이 많으신 어머니. 나물 캐러 다녀온 지 사철이 한 바퀴 돌기도 전에 세상을 떠나셨다. 조금이라도 더 정성껏 모시지 못하고 보내드린 어머니, 화목의 꽃으로 피었다가 떠나가신 우리 어머니.

장 구경

내 나이 여섯 살 때였다. 엄동설한의 칼바람을 온몸으로 이겨
낸 매화도 이제 시들었다. 그 자리에 연두색 매실이 주렁주렁
맺혀 봄기운에 살이 오르고 있었다. 엄마가 "내일 할머니 제사
장 보러 가는데 따라가 볼래?" 하는 것이 아닌가. 나는 귀를 쫑
긋 세우며 "예, 꼭 데리고 가 주세요. 엄마." 하고 매달렸다.

그날 밤 얼마나 신나고 기분이 좋았던지 잠을 이루지 못했다.
밤새워 뒤척이다가 먼동이 트기 전에 벌떡 일어나 마구간으로
갔다. 가마솥에 물을 붓고, 여물과 등겨를 넣어 솥뚜껑을 덮었
다. 불쏘시개에 불을 붙였다. 나뭇가지를 아궁이에 넣으며 불을
지피는데 솥뚜껑 틈새로 물이 주르륵 흐르며 김이 솟구쳐 오르
기 시작했다. 여물 솥에 뜸이 드는 사이 할아버지 방문 앞으로
가 헛기침을 했다.

"할아버지 잘 주무셨어요? 화롯불을 담아 드리러 왔습니다."

"오냐, 그래, 다른 날 보다 일찍 일어났구나."

홍시처럼 붉게 익은 숯불을 화로에 가득 담았다. 부손으로 다
독거린 다음 할아버지 방에 가져다드렸다. 이제 누렁이에게 쇠
죽을 줄 차례다. 잘 익은 여물을 국물과 함께 구시에 담아 주었
다. 누렁이는 김이 모락모락 오르는 여물을 혓바닥으로 감아 입

에 넣고 우지직 우지직 소리를 내며 맛있게 먹고 있었다.

　대나무를 연결하여 물이 마당까지 흘러내리도록 만들어 놓은 우물에서 고양이 세수를 했다. 아침밥을 먹는 둥 마는 둥 시늉만 내고 엄마 치맛자락을 따라 불당고개를 넘었다. 징검다리를 건너고 콧노래를 옹알거리며 시오리 고부랑길을 걸었다.

　시장 언저리에는 큰 물레방아가 물을 한 바가지 마셨다가 토하며 빙글빙글 돌고 있었다. 신발가게 앞을 지나가며 보니 아기 신발로부터 어른 신발에 이르기까지 희고 검은 고무신과 운동화가 짝을 지어 손님을 맞이하고 있었다. 옷가게는 알록달록한 한복 치마저고리와 두루마기를 비롯한 속옷과 양말을 산더미처럼 쌓아두고 있었다.

　과일가게는 배와 사과, 곶감과 대추가 수북수북 쌓여 있었고, 이름도 모르는 과일들이 나를 보고 '산골 촌놈이 장 구경 나왔구나!' 하고 놀리는 것만 같았다.

　그릇 가게에 진열된 양은냄비와 쟁반은 어른 키보다도 높게 쌓여 있었다. 어물전에는 어느 바다에 살다 잡혀 왔는지 괴물 같은 물고기가 큰 주둥이를 벌린 채 눈을 부라리며 나를 노려보았다.

　장터는 우리 마을에 시집 장가가는 큰잔치가 벌어진 것처럼 시끌벅적하였다. 엄마는 점포 사이를 요리조리 빠져나가 과자 가게에 들어갔다. 내가 얼마나 먹고 싶었던지 꿈속에서 한두 번 본 적이 있는 자루 달린 왕사탕 한 개를 사주셨다. 나는 왕사탕을 입에 넣고 쪽쪽 단물을 빨아먹다가 꺼내어 얼마나 닳았는지 한번 쳐다보고 다시 입에 넣었다. 처음 보는 물건과 장 보러 온 사람들이 입고 다니는 옷차림과 얼굴 생김새 하나하나를 머릿속 회로에 담느라 정신이 없었다.

엄마를 따라 사람들 사이를 밀리다시피 걷다 보니 어느덧 물레방앗간 옆에 있는 식당에 도착하였다. 엄마는 사람들이 앉아 있는 식당 안으로 들어가 국수 두 사발을 주문하였다. 김이 무럭무럭 올라오는 사발에는 석화와 홍합이 바다 향기를 물씬 풍기고 있었다. 입속으로 들어온 국물 맛에 혀가 춤을 추는 것 같았다. 굵은 면 사리는 미처 씹을 틈도 없었다. 잠깐 사이에 내 배는 만삭이 된 새아씨가 되었다.

이름도 모르고 처음 먹어보았던 국수는 철이든 뒤 잃어버린 추억의 한 토막을 더듬어 보았더니 손으로 반죽을 두드려 면을 뽑은 우동이었다. 엄마는 신발가게에서 반짝반짝 빛이 나는 검정 고무신 한 켤레를 사 주셨다.

어린 시절 엄마를 따라 처음으로 가본 시골 장 구경. 내 인생에서 가장 신나고 멋지며 가슴 설레는 추억의 한 페이지로 지금껏 남아 있다. 장 구경을 하고 돌아오는 길목, 마을 입구 느티나무 가지에 앉아 망을 보던 꾀꼬리 한 마리가 큰 솔밭을 향해 쏜살같이 날아갔다. 산골 소년이 장 구경하고 돌아오고 있다는 속보를 숲속 친구에게 알리기라도 하려는 듯이…

덕암처사

할아버지는 1894년 가을에 태어나셨다. 고종 31년 일본 개화세력의 영향으로 '재래의 낡은 제도를 벗어던지고 서양의 근대문물과 격식을 본받아 나라의 기틀을 새롭게 하자'는 갑오개혁을 선포한 해이다. 1896년 고종황제는 대한제국을 선포하였고, 1910년에는 국권침탈로 일제강점기의 수렁에 빠져들었다. 1919년 독립선언, 1945년 8·15해방, 1948년 대한민국 정부수립, 1950년 '6·25사변, 1960년 4·19혁명, 1961년 5·16군사정변 등 조선왕조 말기부터 대한민국 건국 초기에 이르기까지 휘몰아닥친 태풍의 중심에 계시다가 1977년 할미꽃이 피기 시작할 무렵 세상을 떠나셨다. 덕암산 중턱 큰 솔밭에 먼동이 트면 카랑카랑한 책 읽는 소리가 메아리를 타고 퍼져나갔다. 꿈속으로 소풍을 떠났던 가족들이 하나둘 깨어나고 산새들의 하루해가 열렸다.

한껏 목청을 틔우고 난 할아버지는 세숫대야에 물을 떠다 세수를 하시고, 정수리의 머리카락을 가위로 동그랗게 자른 다음 백호를 치셨다. 정수리 중앙에는 은으로 만든 안테나를 세우고, 머리카락을 빗겨 올리며 칭칭 감아 상투를 튼 다음 망건을 두르고 두건을 쓰면 머리 손질이 마무리되었다.

외출할 때는 지름이 한자 반이나 되는 말총갓을 쓰고 다니셨다. 흰 바지저고리와 덧저고리를 입고, 그 위에 불그레한 비단 조끼를 입고 소매 폭이 한자가 넘는 두루마기를 입고 다니셨다. 발은 면포로 감은 뒤 버선을 신고 '다님'을 발목에 묶어 나비 모양이 되도록 매고 하얀 코고무신을 신고 어슬렁어슬렁 걸어 다니셨다.

수염은 부모로부터 물려받은 유산이라며 태어나신 뒤 한 번도 깎지 않으셨다. 윗수염은 틈이 날 때마다 좌우로 치켜 쓰다듬고, 아랫수염은 손바닥으로 쓰다듬어 단전까지 내려오도록 기르셨다. 시누대를 뚫어 만든 긴 담뱃대에 잎담배를 채워 피웠으며 여섯 자가 넘는 물푸레나무 지팡이를 짚고 신선처럼 나들이 하셨다.

1970년, 감자 꽃이 만발하여 벌 나비가 사랑을 속삭이는 소리가 나자 서울에 사는 손녀를 앞세워 경복궁 구경을 가셨다. 이곳을 찾은 외국인들이 조선시대 선비가 나타났다며 줄을 지어 모델이 되어 달라고 졸랐다. 두 손을 단전에 모은 채 서서 사진 모델을 하다가 당신은 관람 시간이 마감되는 바람에 경복궁 구경도 못 한 채 돌아오셨다. 당시 외국 관광객이 우리나라에 조선왕조를 대표하는 선비의 모습을 추억으로 담아 갔다. 그날 할아버지의 경복궁 나들이는 관광 한국을 알리는 풀뿌리 외교의 소임을 다한 셈이다.

할아버지의 조부는 호를 '귤은'이라 하였다. 숙부가 슬하에 아들이 없어 조카를 양자로 삼았다. 귤은은 양어버이 마음에 한

치의 어긋남 없는 효자라고 어려서부터 마을 사람들 사이에 입소문이 돌았다. 밤이면 어버이의 방에 군불을 지피고 잠자리를 깔아드렸다. 그리고 손발이 따뜻하도록 화롯불을 담아드렸다.

이른 새벽에는 어버이가 주무시는 방바닥이 식지는 않았는지 손을 넣어 살피었다. 세월의 물레가 돌고 돌아 양어머니가 중풍으로 자리에 눕자 대소변을 손수 받아내며 3년을 변함없이 간병하던 중 세상을 떠나셨다. 홀로 되신 양아버지의 고질병이 극심해지자 여러 해를 병에 좋다는 약을 구하러 다녔다. 약탕기에 달인 약이 뜨거울까 숟가락으로 떠서 불며 식힌 다음 입에 넣어드리는 등 지극 정성을 다했다.

애석하게도 아버지가 세상을 떠나자 본인이 탈진 상태임에도 묘소에 여막을 짓고 시묘살이를 했다. 양아버지가 세상을 떠나신 날로부터 사철이 한 바퀴 돌고, 한 달이 되던 날 아들도 눈을 감았다.

향리 사람들은 이구동성으로 '효자로다 효자로다' 하며 대동회를 열어 나라에 알리고자 하였다. 그러나 일제강점기라 나라에는 상을 추천할 길이 없었다. 굴은이 세상을 떠나고 삼년상을 마쳤다. 마을 사람들은 우리 고을의 효자를 잊지 않고 귀감으로 삼아 후세에 남길 것을 의논하여 마을 입구에 효자비를 세웠다.

할아버지는 한학에 능통하였으며 일제침탈을 피해 산 중턱에 대가족을 이주시켜 초막을 짓고 살았다. 초막의 사랑채에 서당을 만들고 가정형편이 어려워 학교에 못 가는 청소년들을 모아 「사자소학」과 「천자문」을 가르치며 학동들에게 "지금 우리나라는 힘이 없어서 왜놈의 손아귀에 넘어갔다. 너희들은 부지런히 학문을 갈고닦아 잃어버린 나라를 찾는데 초석이 되어야 한다.”고 가르쳤다.

할아버지의 방 천장과 벽에는 약봉지가 주렁주렁 매달려 있었다. 그 때문에 방안에서는 언제나 한약 냄새가 풍겼다. 주로 농막 주변에 있는 논두렁과 밭두렁, 야산과 계곡에서 쉽게 구할 수 있는 약재가 대부분이었다. 구기자와 오미자 같은 열매를 따서 말리고, 찰밥나무와 꾸지뽕나무는 껍질을 벗겨 말렸다. 익모초와 구절초, 도라지, 질경이, 탱자 등 수백 수천 종의 약재를 말렸다가 봉지에 담아 겉봉투에 약재 이름을 쓰고 매달아 보관하였다.

고을 사람들이 병을 얻어 찾아오면 기성 한약서와 동의보감을 참고하여 무료로 처방해 주었다. 그 때문에 형편이 어려운 지역 주민들에게는 한방의 명의로 존재감이 널리 알려지게 되었다.

소문이 전해져 하동은 물론 광양과 사천 지방에서도 고질병 환자들이 찾아오곤 하였다. 이러한 할아버지의 덕(德) 있는 보시로 향리 사람들 사이에 자연스럽게 덕암산 자락에 사는 도인 같은 선비를 ‘덕암처사’라 불렀다. 아직도 마을 노인들 중에는 덕암처사를 기억하는 이가 있다. 자랑스러운 할아버지.

울타리

　어린 시절 아버지는 틈이 날 때마다 많은 이야기를 해주셨다. 그 이야기 가운데는 이해하기 힘든 부분도 있었다. 그러나 경륜이 많은 아버지의 말씀을 듣는 것 자체만으로도 성장 과정의 내 사고력 향상에 도움이 되었으리라 믿는다.

　그 시절 내가 살았던 고향은 아름드리 소나무 숲이 집성촌을 이루고 있었는데, 우리 집은 산 중턱 언덕배기에 볏짚을 엮어 만든 초가였다. 대청마루에 걸터앉으면 운해를 넘어 정안봉(鄭晏峰)*이 콧등 아래로 멀리 보였다. 앞마당까지 솜털 안개가 뭉실뭉실 기어오르는 날이면 우리가 살고 있는 산촌은 자욱한 구름 베일에 가려진 별천지였다.

　숲속 나뭇잎이 이글거리는 땡볕에 그을려 가무잡잡하게 변하고 있을 무렵, 앞마당의 잡풀을 괭이로 쪼아 말려두었다가 모깃불을 피웠다. 호롱에 불을 붙여 선반에 매달고 가족이 모여 앉았다. 오순도순 만찬 자리가 마련되면 아버지는 이야기보따리를 하나씩 끄집어내셨다.

　"사람들이 모여 사는 집마다 울타리를 만들어 둔 것을 자주 보았을 것이다. 울타리를 만드는 목적은 외부로부터 도둑이나 동물의 침입을 막고, 가족을 안전하게 보호하기 위해서란다. 울타리의 종류에는 싸리나무, 대나무, 탱자나무, 벽돌담과 사람 울타리가 있다. 여러 종류의 울타리 중에 어느 울타리가 가장 튼튼하고 오래 갈 것이라고 보느냐?" 하시며 나를 빤히 쳐다보았다. 나는 아버지의 깊은 뜻을 헤아리지 못하고 "벽돌로 쌓은 담이 가장 튼튼하고 오래가지 않을까요?"

아버지는 고개를 좌우로 저으며 다음 이야기를 계속하셨다.

"단순히 재료를 비교하면 네 말대로 벽돌담이 비바람에 강하고 오래가지만 사람이 평생 세상을 살아가는 데는 사람 울타리만 한 것이 없단다."라고 말씀하셨다. 그 당시 나는 '사람이 무슨 울타리가 된다는 말일까? 어떤 할 일 없는 사람이 밤낮으로 남의 집 도둑을 막아준다는 말일까?' 하고 생각하며 아버지 말씀이 이해가 되질 않았다.

아버지께서 세상을 떠나시고 사계절이 여러 차례 바뀌고 난 뒤에야 나는 비로소 감돌과 버력을 구분할 수 있었다.

'친구가 나의 가장 든든한 울타리'라는 생각이 들었다. 그리고 선후배와 가족이, 친척과 직장동료가 금강석보다 더 강한 울타리가 될 수 있다는 것을 알았다. 서로 눈빛으로 만났거나 스쳐간 수많은 인연이 훌륭한 나의 울타리였다는 생각이 들었다.

이러한 울타리는 농부들이 농한기마다 싸리나무와 대나무를 이용하여 울타리를 다시 엮어 보수하듯이 사람 울타리도 틈틈이 시간을 쪼개어 안부를 묻고 모임도 하고 소통과 교감의 기름칠을 해야만 썩거나 녹슬지 않고 망가지지 않겠구나 하는 생각이 들었다.

오호라! 아버지께서는 어린 막둥이를 소반 앞에 앉혀두고 삶의 처세술을 가르치셨구나. 대인관계를 원만하게 잘해야 한다고 가슴에서 가슴으로 전해주셨구나. 덕을 쌓으며 살아야 한다고 당부하셨구나. 상대방의 입장에서 생각하고 베풀며 배려하고 친절과 봉사로 세상을 살아가야 한다고 가르치셨구나.

이제야 아버지의 사려 깊고 진한 향기가 폐부까지 스며 온다.

* 정안봉 : 경남 하동군 양보면, 횡천면, 적량면에 걸쳐있는 산으로 고려시대에 재상을 지낸 정안의 이름에서 유래된 명칭이다.

얼차려

해마다 쌍계사 십 리 벚꽃이 흐드러지게 피면 와우전(臥牛田)에 총동창회가 열리고 회장단 이취임식과 기수별 노래자랑 한마당이 열렸다. 나는 동기 친구들과 2016년 이 행사에 참석하였다.

우리 모교는 1955년 도립중학교 설립인가를 받아 1956년 첫 졸업생 30명을 배출하였다. 1971년 15학급 증원 인가를 받은 후 학생이 증가하여 1979년에는 298명의 졸업생을 배출하는 새로운 기록을 남기기도 하였다.

그러나 산업화의 파도에 밀려 젊은이들이 일자리를 찾아 하나둘 도시로 떠나며 급격히 학생 수가 줄어들었다. 2016년에 12명의 졸업생을 마지막으로 학교설립 이래 7,012명의 인재를 배출하고 역사 속으로 사라지고 말았다.

우리 모교는 시인 설창수 선생님이 노랫말을 짓고, 금수현 선생님이 곡을 붙여 만든 교가가 유명하다.

이명산 칠성에서 은하수 흘러
높이 솟은 금오령에 서운이 끼다.
이명산 이 터전에 영도나리다.
와우전 문천무만 우리의 학원

진리를 탐구하는 온고이지신
인재를 길러내는 양보중학교

'와우전 문천무만 우리의 학원 인재를 길러내는~' 하고 총동
창회에 참석한 수백 명의 선후배들이 함께 목청을 높여 교가를
부르는 동안, 나는 잠시 반세기 전으로 시공의 물살을 거슬러
올라가 보았다. 까까머리 단발머리를 하고 다니던 1968년은 보
릿고개를 갓 넘기며 꽁보리밥이나 고구마도 제대로 배불리 먹을
수 없었던 시절이었다.

그 때문에 항상 뱃속에서는 '꼬르륵 꼬르륵' 칭얼대는 올챙이
소리가 났다. 점심때 먹으라고 담아 준 도시락은 2교시 수업을
마치고 쉬는 시간에 먹는 친구들이 절반이 넘었다. 특히 그 시
절은 농경 사회였기 때문에 정규과목으로 농업을 배웠다.

농업 시간에는 가끔 묘포장에 실습하러 갔는데 담임선생님은
풀 뽑을 때 주의사항으로 "가지를 따 먹는 학생은 얼차려를 시
킬 테니 몰래 따먹다 들켜 불미스러운 일이 없도록 하라."며 당
부의 말씀을 한 다음 잠시 자리를 비웠다. 배고픔의 유혹을 견
디지 못한 친구가 몰래 가지를 따먹다 걸렸다. 일과수업을 마치
고 불려 나가 책보자기를 어깨에 멘 채 운동장을 여러 바퀴 뛰
는 얼차려를 받았다.

남녀 친구들이 웅성거리며 얼차려 받는 운동장 언저리에 삼삼
오오 모여 지켜보고 있었다.

까까머리 친구 둘이 운동장을 뛰며 도니
도시락 속의 젓가락과 반찬통이 장단을 맞춘다.
짤랑 짤랑 짤랑
딸랑 딸랑 딸랑

배고픔의 일순간 참지 못하고
묘포장 가지 하나 볼래 따 먹다
얼차려 얼차려라 얼차려 받고 있네.

구슬땀은 줄줄줄 교복 흠뻑 적시고
가슴은 벌렁벌렁 숨이 차는데
단발머리 까까머리 또래 친구들
안타깝고 안쓰러워 애간장 태우네.

아이, 부끄럽고 창피해
가슴은 쓰리나
얼차려 그물망 빠져갈 길 없구나.

'대추 한 알로 끼니를 때우더라도
남의 집 담장은 넘보지 말라'는
'얼차려 가르침' 타일러 주시네

경남의 명문중학교 훌륭한 가르침
나라의 인재 수없이 배출하였네.

절강기

초등학교 4학년 운동회 연습을 마치고 집에 돌아왔다. 꽁보리밥과 열무김치로 허기진 배를 채웠다. 헛간에서 감자 몇 개를 수건에 쌌다. 마구간에서 눈이 빠지도록 나를 기다리는 누렁이 (소)의 등을 몽당 빗자루로 쓰다듬어 주자 기분이 좋다며 꼬리를 치켜들고 혀를 날름거렸다. 누렁이 고삐를 풀어 앞장세우고 햇살 깔린 두렁길을 따라 워낭소리를 울리며 친구들이 모이는 공동묘지 풀밭으로 갔다.

이곳은 청미래덩굴(망개나무) 사이에 애기무덤이 듬성듬성 있었다. 날씨가 흐리고 안개가 자욱한 날이면 애기 울음소리가 들린다고 소문이 났기 때문에 혼자 지나가면 소름이 돋는 무서운 곳이기도 하다. 그래도 여기는 키가 큰 나무가 없어서 소가 어디로 가는지 한눈에 지켜볼 수 있었다. 더구나 소들이 즐겨 먹는 풀들이 무성하였기 때문에 고삐를 목에 감아 풀어두고 우리끼리 소꿉장난을 할 수 있는 마을 전용 놀이터였다.

이곳은 우리 마을 친구들이 십여 명, 이웃 마을 친구들이 칠팔 명씩 모여 함께 뒹굴며 놀았다. 서로 편을 나누어 씨름도 하고, 이어달리기와 재치기, 미니 야구놀이를 하면 해가 서산으로 넘어가는 줄도 몰랐다.

그날은 특별히 감자삼굿을 해 먹기로 약속한 날이었다. 조를 나누어 삭정이와 마른 나뭇가지를 줍고, 삼굿을 파고 자갈을 주워 나르며 부지런히 움직였다. 형들은 삼굿을 파 부뚜막을 만들고, 생나무를 잘라 걸쳐놓았다. 자갈을 수북하게 쌓아 올린 다음 불쏘시개에 불을 붙였다. 한참 동안 마른 풀과 삭정이를 넣어 불을 지피며 자갈을 뜨겁게 달구었다. 가지고 온 감자를 불 속에 던져 넣고 부뚜막과 자갈을 밟아 부순 뒤 생나무 잎을 덮었다. 그 위에 흙을 수북하게 쌓아 애기무덤처럼 다독였다.

감자가 익을 때까지 기다리는 동안 윤식이 형은 청미래 잎을 몇 장 따서 들고 무덤 위에 올라가 앉았다. 우리는 무덤 주변에 빙 둘러앉으면 세상에서 가장 멋진 공연장이 되었다. 윤식이 형은 청미래 잎만 있으면 못 부르는 노래가 없었다. 부잣집 아이로 태어났더라면 훌륭한 음악가가 될 재능이 충분히 있었다.

고향이 그리워도 못 가는 신세,
저 하늘 저 산 너머 아득한 천 리,
그 언제나 외로워라 타향에서 우는 몸,
꿈에 본 내 고향이 마냥 그리워.

형의 입술과 청미래 이파리 사이에서 애절하고 가냘픈 가락이 비집고 나왔다. 우리는 모두 일어나 "앵~콜 앵~콜"하며 손뼉을 쳤다.

이렇게 분위기를 살려 노래 몇 곡을 더 들으며 호강하고 나면 감자 꺼낼 시간이 지나가 버렸다. 열기에 취해 누렇게 변해 버린 잎사귀를 걷어내고 자갈을 헤집어 감자를 꺼냈다. 잘 익은 감자 냄새가 콧속으로 기어들었다. 김이 모락모락 피어오르는 감자를 앞에 두고 침을 꼴깍꼴깍 넘기고 있었다. 작은 감자는 세 개, 큰 감자는 두 개씩 골고루 나누어 들고 눈웃음을 치며 맛있게 먹었다.

멀리 산마루에서 철부지들이 노는 모습을 지켜보던 해님은 불그스레한 이부자리를 걸쳐두고 자취를 감추었다. 땅거미가 어둑어둑 내리기 시작하면 즐거운 마음을 가슴에 담고 집으로 돌아갔다.

마구간에 소고삐를 매고 마당으로 나오니 덕석 위에 못 보던 기계가 덴그러니 놓여있었다. 누님한테 "이거 뭣 하는 기계예요?" 하고 묻자 "고구마를 자르는 절강기라 하더라."

나는 순식간에 호기심이 발동하여 고구마 한 개를 왼손에 잡고 오른손으로 절강기의 손잡이를 돌려보았다. 고구마 한 개를 채 자르기도 전에 이상한 느낌이 들었다.

아차! 싶었다. 왼손 약지 한 마디가 잘렸다. 잘린 손가락 마디가 덕석 위에 뒹굴었다. 중지 한마디도 반쯤 잘려 덜렁거리고 있었다.

피는 마구 솟구치며 메리야스를 붉게 물들였다. 손등을 타고 계속해서 흘러내렸다. 나는 깜짝 놀라 울부짖었다.

"누야! 내 손가락이 잘려나갔어요."

아직 아프다는 느낌은 없었으나 피는 쉴 새 없이 줄줄 흘러내렸다. 큰 형수님이 부엌에서 저녁 준비를 하다가 뛰어나왔다. 누님은 떨어져 나간 내 약지 한 마디를 주워 손수건으로 쌌다. 메리야스를 찢어 다친 손가락을 칭칭 감아 지혈을 시키느라 야단법석이었다.

이미 늦은 시간이라 큰 병원으로 가자니 기차가 끊겨 갈 수도 없었다. 궁리 끝에 간호사를 하다가 접고 역 부근에서 환자를 치료해주는 아줌마가 있었는데 그 아줌마에게 수술을 부탁하기로 했다. 나는 겁에 질려서 가기 싫다고 떼를 부렸으나 형수님과 누님의 등쌀에 못 이겨 할 수 없이 따라나섰다.

집에서 10여 리 떨어진 길을 호롱불도 없이 걸었다. 마침 아줌마가 최선을 다해 봉합 수술을 해보자며 승낙하여 밤늦게까지 수술 바늘에 실을 꿰어 중지와 약지의 봉합수술을 마쳤다.

돌이켜보면 당시 전직 간호사의 의술로는 반쯤 잘린 중지는 봉합수술이 가능했을지 모른다. 그러나 완전히 절단된 약지 한 마디는 큰 병원 전문의에게 수술받지 않고는 봉합이 불가능하였으리라. 간호사 아줌마의 정성어린 봉합시술과 치료에도 불구하고 몸에서 이탈한 약지 한 마디는 일주일이 지나도록 혈액순환이 되지 않아 시커멓게 굳어만 갔다. 수술한 지 3개월이 지난 뒤 나는 약지 한 마디를 먼저 자연으로 돌려보냈다.

그날 밤 큰형수님과 누님은 저녁도 거른 채 내 곁을 지켜주었다. 집으로 돌아 오는 길에는 교대로 나를 업고 오느라 수고를 많이 하셨다. 저세상으로 먼저 떠난 큰형수님과 영남이 누님에게 고맙다는 인사를 드린다.

옹두리

중학교 3학년 1학기에 총학생회 회장을 뽑는 선거를 하였다. 회장은 전교생이 직접 투표로 선출하고, 임원은 총학생회 회장이 추천하여 임명하였다. 교실 앞 화단에 웅크린 채 칼바람을 받아온 박태기나무가 자주색 꽃망울을 터뜨렸다. 벌, 나비가 들랑날랑 봄소식을 주고받을 무렵이었다. '체육 선생님이 여학생을 성추행하였다'는 소문이 학생들 입에서 입으로 떠돌았다.

전교생이 함께 성터로 봄 소풍을 가는 날, 학생회 회장은 임원들을 모아놓고 총학생회에서 주관하여 '성추행방지집회'를 열기로 했다고 밝혔다. 임원마다 집회 당일 각자의 역할을 전달하였다.

1968년 5월 7일 오전 8시 50분. 서무실 앞 현관에 매달려 졸고 있던 놋쇠종이 요란스럽게 짖어대기 시작하였다. 땡 땡 땡 땡 땡 땡….

'이놈의 종아 목청껏 짖어라'며 요란스럽게 두들겨 패는 까까머리 학생이 있었다. 1교시 수업을 준비하던 학생들은 아무런 까닭도 모른 채 종소리를 의아해하고 있었다.

총학생회 간부가 와서 "학생 여러분! 수업 준비를 멈추고 가방을 챙겨 빨리 학교 밖으로 뛰어나가세요!"하는 고함소리에 화들짝 놀랐다. 전교생이 교실을 뛰쳐나가 줄행랑을 쳤다. 나도 친구들에게 떠밀리다시피 하여 교문을 빠져나갔다. 칼고개에서 몇몇 친구들과 함께 서성이며 눈치를 보다가 일찍 집으로 돌아왔다.

선생님들도 무슨 일인지 눈치채지 못하고 지진에 대피하는 사람들처럼 운동장으로 몰려나왔다. 한바탕 거센 태풍의 소용돌이가 밀어닥친 셈이다. 총학생회 회장과 임원들이 '체육 선생님의 여학생 성추행에 대한 응분의 대책을 요구하는 집회' 사건이었다. 당시의 사진 한 토막이 문득 머리를 스쳤다.

놀랍고도 놀랍구나. 역시 경남의 명문중학교로다. 건국 이래 중학생이 주동으로 교사 비리 반대 집회를 하였다는 소문을 들어 보았는가.

이 집회로 체육선생님은 학교에서 퇴출당하였다. 총학생회 회장을 비롯한 주동 임원은 학칙의 준엄한 처분에 따라 퇴학당하거나 징계의 칼바람을 맞았다. 그 뒤로 '언제 그런 집회가 있었느냐'며 까맣게 잊어버렸다. 계절은 덥다고 너무 덥다고, 춥다고 너무 춥다고 밀어내지 않아도 머물고 떠날 때를 아는 것 같다. 세월의 물레는 어김없이 수많은 나이테를 그려가며 돌고 또 돌았다.

태풍의 소용돌이가 할퀴고 간
우리 친구들의 가슴팍 한구석에
아직도 찡한 옹두리가 남아 있다.

아무리 뛰어난 용병술과 좋은 아이템을 손아귀에 쥐었다 하더라도 그것을 실천에 옮기고자 할 때는 관련 규정이나 법절차에 따라 순리대로 풀어나가야 한다'는 진리의 한 소절을 남겨둔 채…

이순(耳順)＊을 훌쩍 넘긴
이제야
스쳐 지나간 까까머리 시절 옹두리 하나가
미소의 꽃으로 피어나고 있네.

＊ 이순(耳順) : 공자의 『논어』 위정 편에서 '어떤 말을 들어도 막힘없이 이해 한다는 뜻으로 나이 예순'을 말함.

누님의 뒷모습

밤 9시 뉴스를 보고 있는데 전화벨 소리가 요란스럽게 나를 찾았다. 수화기를 들자 큰누님의 카랑카랑한 목소리가 날아왔다.

"동생! 그동안 잘 있었나, 집안은 별일 없고? 나는 어제 친구들과 배드민턴을 치러갔다가 정강이뼈를 다쳐서 병원에 입원해 있다. 왜 그랬냐 하면 날아오는 공을 폴짝 뛰어 받아치고 발을 땅에 디디는 순간 뚜~욱하는 소리가 나며 정강이뼈가 부러져 넘어졌다 아니가, 의사 선생님이 그라는데 골다공증이 심해서 그렇다 하더라."

"예, 많이 아프시겠네요. 어느 병원인데요?" 하고 입원하신 병원과 병실을 물은 뒤 "내일 퇴근 후에 찾아뵙겠습니다." 하고 수화기를 놓았다.

누님은 내 나이 보다 열두 살 많은 띠동갑으로 이란성 쌍둥이 오빠보다 조금 늦게 태어났기 때문에 구 남매 중 다섯째가 된다. 내가 여덟 살 되던 해 결혼식을 올렸는데 그 당시 우리 가족의 살림이 매우 녹록지 않았던 시절이었다. 아버지는 대가족의 입을 하나라도 덜어야겠다는 생각을 늘 품고 있었다.

이때 중신애비가 찾아와 거품 섞은 말로 "청암면 대밭몰이라는 곳에 전답도 제법 있고 살림도 넉넉한 총각이 있어요."

아버지는 안달이 나서 내친김에 중신애비를 따라 총각 집을 한번 다녀오셨다.

"내가 보기에는 우리 영연이가 그 집안에 시집가면 밥은 굶지 않을 것 같더라. 총각이 장남이긴 해도 전답도 꽤 있고 살림이 궁해 보이지는 않았다." 하시며 말을 이으셨다.

"씨암탉을 삶아주고 갖은양념을 담뿍 바른 더덕구이에 참기름 냄새가 물씬 풍기는 산채나물과 청학동 계곡의 맑은 물로 빚은 곡주를 곁들여 한 상 가득 차려오는데… 워낙 대접이 융숭한지라 마음이 흡족하여 앉은자리에서 장녀 혼인을 승낙하고 돌아왔다." 하시는 게 아닌가!

아버지께서 총각 집을 다녀오신 뒤 총각 집안에서 사성을 들고 함장수가 찾아오고… 혼인날을 잡아 양가 집안이 혼사준비에 들어갔다.

우리 가족도 잔치 준비를 서둘렀다. 큰고모님 댁에는 시루떡과 가래떡을 맡기고, 삼촌댁은 강밥과 유과를 준비하라 하고… 친인척끼리 혼수 품앗이를 하였다. 한 달 앞으로 다가온 결혼 준비는 엄마와 형수, 누님이 총동원되어 솜을 타서 이불과 방석을 만들고, 신부 바지저고리와 사돈댁 예물 옷가지를 만드느라 재봉틀이 밤낮없이 앵앵거리며 돌아가고 있었다.

분주하던 혼사 준비 기간도 지나고 우리 집 앞마당에서 결혼식을 올리기로 한 날 새벽이었다. 나는 잠이 깨어 실눈을 한 채 귀를 곤두세우고 듣고 있었다. 아버지께서 누님을 앞에 앉히고

하시는 당부 말씀을…

"영연아! 너는 오늘 결혼식을 올리고 연일정씨 가문으로 시집 가면 그때부터는 우리 가족이 아니다. 그래서 오늘 너한테 애비로서 마지막 당부를 하려고 하니 잘 듣고 명심하여라. 대대로 내려오는 우리 가풍(家風)에는 여자가 태어나면 지켜야 할 삼종지도(三從之道)가 있다.

시집가기 전에는 어버이에게 순종하고, 시집을 간 뒤로는 남편의 뜻을 따를 것이며, 남편의 사후에는 아들과 뜻을 맞추어 살아야 한다. 또 하나는 오복(五福)이라는 것이 있다. 오복은 첫 번째가 재물복(財物福)이다. 재물은 있다가도 없어지고 없다가도 생기는 것이니 큰 욕심을 부리지 말고 성실하게 노력하면 밥은 굶지 않도록 하늘이 복을 주는 것이다. 두 번째는 장수복(長壽福)이다. 사람은 수명(壽命)을 가지고 태어나므로 하늘의 뜻에 따라 살면 된다. 세 번째 강녕복(康寧福)이다. 치아와 눈과 육신은 부모로부터 물려받지만 몸을 관리하는 것은 본인의 몫이다. 운동을 열심히 하여 건강관리를 잘해야 한다는 말이다. 네 번째는 유호덕복(攸好德福)으로 사람들과 서로 돕고 잘 지내는 인연을 말한다. 인연복은 본인의 노력에 따라 많이 달라질 수가 있으므로 상대방에게 좋은 말로 대하면 좋은 말이 돌아오고, 나쁜 말로 대하면 나쁜 말이 돌아온다. 시부모와 시댁 가족을 지극 정성으로 모시면 복을 받는다.

마지막으로 천명복(天命福)이라는 것이 있다. 항상 심지(心志)를 바로 세우고 언행을 조심하며 조상을 잘 섬기고 살면 되는 것이다. 신랑 얼굴 한번 보지 못한 채 시집가는 네 마음이 얼마나 아프겠냐마는 너도 잘 알다시피 지금 우리 집안 살림살이가 궁색하고 식솔이 많아 내가 불가피하게 내린 결정이니 잘 헤아려 주기 바란다."

아버지께서는 당부 말씀을 마치고 "으흠" 헛기침을 하며 밖으로 나가시는지 방문 닫는 소리가 '쿵' 하고 들렸다. 나는 고리눈을 하고 무릎을 구부리고 앉아 있는 누님의 뒷모습을 바라보았다.

고개를 푹 숙인 채 어깨가 사시나무처럼 들썩거리며 훌쩍이고 있었다. 갑자기 내 가슴에서 방망이 두드리는 소리가 콩닥콩닥 들리며 두 눈에서 뜨거운 물줄기가 볼을 타고 줄줄 흘러내렸다.

그날 아침, 앞마당에는 형님들과 작은아버지, 친척 어른들이 바쁘게 움직였다. 질퍽질퍽한 마당의 물기가 올라오지 못하도록 볏짚을 골고루 펴고 덕석을 깔았다. 덕석 위에는 풀 향기가 솔솔 나는 돗자리를 깔았다. 제사상은 다리를 세워 고정하고 행주로 닦은 다음 신혼부부의 금실이 좋으라고 오동나무를 깎아 만든 기러기 한 쌍을 서로 마주 보게 앉혔다. 그리고 대추, 밤, 감, 배 순서로 과일을 제기에 담아 맨 앞줄에 올렸다.

자반 고기는 머리가 동쪽으로 향하도록 정렬하고, 돼지머리는 하늘을 향해 입을 벌려 상 왼쪽에 올렸다. 시루떡과 흰떡은 함지에 한지를 깔고 담아 왼쪽으로 꼰 새끼줄을 십자로 묶어 상의 오른쪽에 올려놓고, 처자식 부양 잘하라는 뜻으로 수탉을, 다산을 상징하는 암탉을 날개와 다리를 묶어 좌우 마주 보게 올렸다.

항아리에 대나무와 동백의 푸른 잎이 달린 가지를 꽂아 장식하고, 상의 양쪽 귀퉁이에는 화촉을 밝혔다. 예식준비가 끝나갈 무렵 신랑은 친구 두 사람과 함께 불당고개를 넘어 구불구불한 오솔길을 걸어 도착하였다. 신랑의 안내를 맡은 형님은 사랑방에 봉황새를 수놓아 만든 방석을 깔고 대기시켰다.

신랑은 이른 새벽 읍내에서 빌린 짚(JEEP)차를 타고 왔다. 하얀 바지저고리에 파란 조끼, 두루마기를 입고 동백꽃다발을 차 범퍼에 매달았다. 훤칠한 키에 가무잡잡한 얼굴이 반짝반짝 빛나고 있었다. 그 당시 매형의 첫인상은 마음이 넓고 좋아 보였다.

혼례준비를 마치자 사회자가 "어험, 어험!" 하며 목청을 가다듬고 큰소리로 예식을 진행하였다.

"신랑 출(出), 신랑은 마당에 마련된 식장으로 나와 주시기 바랍니다."

"신부 출(出), 신부는 식장으로 나와 주시기 바랍니다."

"신랑 배(인사)",

"신부 배(인사)",

"신랑신부 합배(맞절)"

전통혼례가 차질 없이 진행되고 있었다. 신랑은 나라의 대신들이나 입을 수 있는 푸른색 관복에 사모관대 차림이었다.

신부는 왕비가 입는 활옷을 곱게 차려입고 보석이 반짝반짝 빛을 뿜어내며 흔들리는 족두리를 썼다. 얼굴에 빨간 연지와 곤지를 동그랗게 찍은 누님은 선녀같이 예뻐 보였다. 남녀가 태어나 부부의 연을, 두 집안이 서로 사돈의 연을 맺는 우리 집안의 전통혼례였다.

이렇게 예식을 마치고 난 다음 순서는 신랑다리기였다. 애꿏은 사촌과 외사촌 형님들이 모여 신랑의 발목을 면포로 묶어 선반 밑에 걸친 나무 둥치에 매달고 "장모님을 불러라, 음식과 술을 차려오라 해라." 하는 것이었다.

신랑이 시키는 대로 말을 고분고분 듣지 않으면 빨랫방망이로 신랑의 발바닥을 두들겨 팼다. 신랑이 "아야, 아야." 하고 엄살을 부리면 장모는 안달이 나 가방(假房)에 준비해 둔 술과 음식을 큰상에 가득 차려 신랑 방으로 보냈다.

그뿐인가 '신부를 불러라. 노래를 불러라' 하며 밤이 늦도록 신랑다리기를 하다가 술이 거나하게 취하고 나서야 하나둘씩 빠져나갔다. 이 신랑다리기는 지금은 사라지고 없지만 우리 고유의 풍속이다. 신랑의 발바닥을 두들겨주면 발바닥에 모여 있는 수많은 혈들이 온몸으로 퍼져나가 피가 잘 돈다. 그 때문에 신랑이 첫날밤을 잘 치를 수 있도록 하기 위해서라고 한다.

또 하나는 처음으로 맞이하는 처가에서 장인어른과 장모님의 호칭이 부드럽게 나올 수 있도록 목청을 틔우기 위함이며, 처가 가족과 얼굴을 익히는 풍습이다. 이 행사가 끝나면 신혼 방에 병풍을 두르고 술과 음식을 한 상 차려 준다. 처녀나 새댁들이 창호지에 침을 바르거나 꼬챙이로 구멍을 뚫어 신랑신부가 첫날밤 치르는 행위를 훔쳐보며 킬킬댔다.

이렇게 신붓집에서 2박 3일간의 달콤한 신혼을 보내고 나면 신부는 호피를 씌운 가마를 타고 마을 입구까지 내려와 신랑이 준비해 둔 지프차를 타고 시집살이를 떠났다.

누님이 떠난 뒤 봄, 여름, 가을 계절의 물레가 돌고 매서운 추위를 견디며 봄이 오기를 기다렸다. 시집간 딸이 임신하여 몸풀 날이 다 되어간다는 소식을 전해 들은 엄마는 선임이 누님과 나를 출산 위문단으로 보내기로 하셨다. 엄마가 챙겨 주신 미역과 홍합, 쌀을 보자기에 싸서 누님이 머리에 이고, 온몸에 노란 털옷을 복슬복슬하게 입은 강아지는 내가 안고 누님 시댁을 향해 걸었다.

남매는 땅거미가 내릴 무렵 죽동 개울에 놓인 징검다리를 폴짝폴짝 건너 누님 집에 도착할 수 있었다.

집 입구에는 백 살을 훨씬 넘긴 감나무 두 그루가 앙상한 가지를 흔들며 반겨주었다. 누님은 부엌에서 하던 일손을 멈추고 종종걸음으로 달려나와 반갑게 맞아 주었다.

그날 저녁 누님은 보리쌀 한 톨 안 보이는 하얀 쌀밥과 잘 익은 배추김치, 계란찜, 이름 모를 묵나물 반찬을 상에 가득 차려 주었다. 이렇게 큰손님 대접을 받으며 이틀 밤을 자고 난 뒤 작은 누님이 "어젯밤 언니가 몸을 풀었으니 오늘 아침밥만 먹고 집으로 돌아가자."고 하였다.

큰누님은 남편이 장남인데 딸을 낳아서 시어머니와 남편 보기에 미안하다는 눈치를 하였다. 못내 헤어짐을 아쉬워하는 누님을 뒤로하고 신선이 살았다는 청학동 동양화 속의 구불구불한 오솔길을 우리 남매는 정답게 걸었다.

누님이 사는 마을은 대나무가 둘러싸고 있는 청학동 입구의 대나무 마을이었다. 그래서 죽동(竹洞)이다. 그날 이후 아버지의 심부름으로 소를 몰고 가기도 하였고, 뽕잎이 모자랄 때면 뽕잎 심부름을 다녀 오기도 하였다.

흰 눈이 소복소복 내려온 세상이 하얀 솜으로 뒤덮이는 농한기에는 주전자를 들고 매형을 따라 냇가로 갔다. 매형이 쇠망치로 큰 바위를 내려치면 진동으로 바위 밑에서 겨울잠을 자던 꺽저기, 보리피리, 모래무치 같은 민물고기가 물 위로 둥둥 떠올랐다. 주전자에 담아 와 매운탕을 끓였다. 어찌나 맛이 있었던지 수라상이 비교가 되지 않았다.

이럭저럭 세월의 연자방아가 돌고 또 돌아 우리 남매가 위문단으로 다녀온 지도 십여 년이 지났다. 큰누님이 사는 마을까지 국토개발의 바람이 불기 시작하였다. 마을 대부분이 하동댐 수몰지역으로 편입되어 누님 가족은 정들었던 고향집과 문전옥답을 포기해야 했다. 해마다 죽순이 힘차게 솟아오르던 대나무밭과 늙은 감나무 두 그루를 남겨둔 채. 나라에서 주는 보상금을 받고 파랑에 밀리듯 이사를 하지 않으면 안 되었다.

이사 나올 때까지 누님은 딸 셋과 아들 둘을 더 낳아 6남매를 두었다. 부산으로 이사 온 매형과 누님은 마땅한 직장이 없었으므로 도회지에서 살림을 꾸려가기가 막막하였다. 우선 보상받은 돈으로 대학교 변두리에 허름한 주택 두 채를 사서 그중 한 채는 세를 놓고, 다른 한 채에서 아홉 식구가 비좁게 살았다. 없는 살림에도 시어머니 봉양한답시고 한우 족발을 고아드리고 보약도 지어드렸다.

딸 넷과 아들 둘을 도회지에서 공부시키자니 돈은 항상 딸랑거렸다. 억척스런 누님은 비좁은 시내버스를 타고 부전시장까지 가서 채소를 받아 와 온천시장 옥상 난전에 앉아 팔았다. 그렇게 번 돈으로 6남매 교육을 모두 마쳤다. 그중 5남매는 혼인까지 시켜 손자 손녀 여럿을 보았다. 그러나 기다리고 기다리던 장남의 혼사는 아직 성사되지 않았다.

"직장도 반듯하고, 인물도 훤칠하여 옥동자처럼 잘 키웠으나 마음대로 되지 않는 게 자식농사인 것 같다."며 늘 푸념을 늘어놓곤 하셨다.

누님은 아버지께서 시집보낼 때 당부하신 삼종지도(三從之道)와 오복(五福)에 대한 가르침을 지금까지 잘 실천하고 있다. 아버지는 '시집살이에 어떠한 어려운 일이 닥치더라도 인내와 끈기로 참고 견디면 고생 끝에 낙(樂)이 온다.'는 불후의 진실을 시집보내는 딸에게 심어주신 선비방식의 자식 사랑이었음을 이제야 알 것 같다.

오늘날까지 나는 누님의 드라마 같은 인생살이 뒷모습을 죽 지켜보고 있다. 마치 살아있는 증인처럼…. 내일 누님이 입원한 병원에 문병을 가면 누님에게 꼭 전하고 싶은 말을 생각해 두었다.

'앞으로는 자식 걱정은 그만하시고 누님의 건강을 먼저 생각해요. 맛있는 것도 사드시고 걷기 운동을 열심히 하여 세상을 떠나는 날까지 건강하고 행복하게 살다 가세요.'

지게와 새끼줄

중학교를 졸업하고 진학을 포기한 채 부산에 사는 고모부님의 알선으로 인쇄소 심부름꾼으로 취직하게 되었다. 첫 출근하던 날, 형수님이 차려 주신 아침밥을 먹고 고모부님을 따라나섰다. 도로마다 빵빵거리는 자동차 굉음을 들으며 허름한 인쇄소 문을 열고 들어갔다.

고모부님은 공장장으로 보이는 사람에게 나를 소개하셨다. 차한 잔을 마시고 열심히 하라는 당부의 그림자를 남긴 채 가셨다. 처음 보는 시커먼 쇳덩어리 옆에 혼자 덩그러니 남았다.

인쇄소 천정에는 맥이 풀려 마지못해 기어 나오는 희미한 백열등이 달려 있었다. 기름 냄새가 콧속까지 기어들어 와 칼끝으로 마구 찔러대는 것 같았다. 숲속에서 태어난 나는 맑고 깨끗한 공기가 무궁무진으로 깔려 있는 자연에서 자랐다. 그 때문에 공기가 귀한 줄도 모르고 벌렁벌렁 마시고 살다가 인쇄소 한 귀퉁이에 틀어박히고 보니 가슴이 답답하고 속이 매스꺼워 구역질이 자꾸 올라왔다.

'자유롭게 하늘을 날던 황새가 새장에 갇힌 신세와 내 처지가 다르지 않구나.' 하는 생각이 들었다. 입사 첫날은 공장장이 시키는 허드렛일을 하며 한 달과 같은 하루가 지나갔다.

그다음날도 기름 냄새가 코를 찌르는 바람에 코가 따갑고 머리가 빙빙 도는 고통을 참고 견디며 그럭저럭 또 하루를 넘겼다. 입사 사흘째, 잠을 자고 난 뒤에도 구역질이 나고 어지럼증이 마귀할멈처럼 괴롭히는데도 출근을 하였다. 종일토록 컨디션이 곤두박질치며 바닥을 헤매고 있었다.

　일과를 마치고 돌아오는 길에 오만가지 생각이 들었다. '내일부터 인쇄소에 나가지 못하겠다.'고 형님한테 말해볼까? 차라리 죽는 것보다 힘든 이 고통을 어떻게 헤쳐나갈 수 있을까? 저녁을 먹고 잠을 청해도 공상에 공상이 꼬리를 물고 따라다니는 바람에 뜬눈으로 밤을 지새웠다.

　아침 일찍 형수님한테 "인쇄소 기름 냄새 때문에 속이 울렁거리고 머리가 아파 도저히 못 다니겠다고 형님한테 말씀드려 주세요." 하고 목구멍에 기어들어 가는 소리로 말한 뒤 그날 이후로 다시는 인쇄소에 가지 않았다. 고모부님께서 어렵사리 처조카의 취직자리를 부탁하여 연을 맺어준 첫 직장은 사흘간의 연날리기 끝에 매듭이 풀려 허공 저 멀리 날아가고 말았다.

　할 수 없이 팔을 걷어붙이고 형님의 대리점에서 술 배달을 돕기로 마음 먹었다. 술과 막걸리 주문이 들어오면 아미동 고개와 남부민동 산복도로, 서대신동 판자촌 샛길에 웅크리고 앉아 있는 구멍가게를 물어물어 찾아다니며 소주 상자와 막걸리 통을 어깨에 메고 배달하였다.

　이때 아미동 골목시장 주변에 사는 또래의 아이들과 사귀게 되었다. 그들이 자전거를 뒤에서 잡아주고 타다가 넘어지면 다시 일어나며 타는 연습을 했다. 그러는 동안 맥주나 소주 한두 상자 정도를 싣고 배달할 수 있게 되었다.

이럭저럭 몇 달이 지난 뒤에는 자신감이 붙었다. 소주나 맥주를 네 상자까지 싣고 배달할 수 있을 정도로 자전거 타는 품새가 잡혔다. 차량과 인파로 북적이는 자갈치시장이나 공동 어시장에도 배달하였다. 부산에서 복잡하기로 소문난 국제시장까지 배달하러 다닐 만큼 자전거의 달인으로 성장해 있었다.

그해 여름, 보수동에서 얼음 가게를 하시는 누님이 "얼음 주문이 밀려 일손이 부족해. 성수기 한 달 만이라도 좀 도와줘." 형님의 승낙을 받고 보수동 일대의 횟집, 과자점, 슈퍼마켓, 어패류 시장을 돌아다니며 톱으로 얼음을 잘라 자전거에 싣고 배달하며 누님의 일손을 도와드렸다.

그러던 어느 날 온몸이 춥고 몸살기가 나를 찾아왔다. 우선 주문받은 얼음만 배달하고 누님의 셋방에 들어가 혼자 푹 쉬었다. 골목길에 서 있는 가로등이 하나둘 불빛을 토해내기 시작할 무렵, 누님이 과자점에서 찐빵과 찹쌀도넛, 꽈배기와 크림빵, 만두와 팥빵을 큰 봉지에 가득 사가지고 오셨다. 과자점에 얼음 배달을 가서 빵 굽는 냄새를 맡으면 몇 번이나 군침을 삼키며 지나다니던 바로 그 양과자가 아닌가. 나는 자리에서 벌떡 일어나 찹쌀도넛부터 한입 우물우물 씹어 삼켰다. 다음은 꽈배기, 크림빵을 차례로 배부르게 먹었다.

그다음 날 아침, 뼈마디가 쑤시고 식은땀이 나던 몸이 거짓말처럼 말끔하게 회복되었다. 감기약은 반 알도 먹지 않았고 병원

주사 한 대 맞지 않았는데 몸이 날아갈 듯 가벼웠다.

　오륙도 해상에서 놀던 바닷바람이 갑자기 시커먼 먹구름을 몰고 와 개다리거리 하늘을 메우기 시작했다. 소나기가 주룩주룩 도로를 두들겨 패기 시작할 무렵 누님을 따라 중국집으로 점심을 먹으러 갔다.

　자장면 두 그릇을 주문하고 잠시 기다리고 있었다. 주방 안쪽에서 마도로스 모자를 쓴 건장한 청년이 밀가루 반죽을 널빤지에 탕탕 두들겨 패며 손가락 사이사이로 찢어 늘어뜨리고 있었다. 또 두드리기를 반복하여 뽑은 면을 하얀 김이 오르는 가마솥에 넣었다. 이렇게 삶은 면발에 새까만 양념장을 붓고 고춧가루를 뿌린 자장면을 우리 앞에 갖다 놓았다.

　나는 누님이 어떻게 먹는지를 곁눈으로 살피며 젓가락으로 양념장을 섞어 후루룩 입속으로 빨아들였다. 불에 탄 돼지고기 냄새가 살짝 콧속으로 들어왔다. 면발이 쫄깃하고 맛이 좋았다. 침이 사르르 돌자 혀가 날름거리며 단숨에 포도청으로 들어갔다. 그 많은 양의 자장면은 순식간에 바닥이 드러났다. 난생처음으로 자장면을 맛본 순간이었다.

　한 달 동안 누님의 얼음 배달을 도와드리고 받은 용돈으로 난생처음 극장에서 '벤허'라는 영화 한 편을 보았다. 그리고 남포동에서 소문난 과자점의 단팥죽을 맛보며 응달에 살면서 양달의 달콤한 맛을 즐겼다.

　숲들이 작렬하는 햇볕에 그을리는 한철을 보내고, 나뭇잎이 색동옷을 갈아입고, 새벽 서리에 들국화가 추위에 떨고 있는 계절이 되었다.

나를 걱정스러운 눈빛으로 지켜보던 사람들은 "나이도 어린데 술 배달만 하고 있으면 커서 뭐가 되겠나. 지금이라도 늦지 않았으니 공부를 더 하여 좋은 직장을 구하는 것이 좋을 거야." 하는 조언을 아낌없이 던져 주었다.

나는 고민에 고민을 거듭한 끝에 술 배달을 접기로 했다. 다시 한번 공부에 전념하기 위해 고향으로 돌아가야겠다고 마음을 굳혔다. 형님에게 내 생각을 말씀드렸더니 "동생, 잘 생각했어. 어린 나이에 술 배달하느라 고생했다. 그동안 이 형을 도와 일한 품삯으로 10개월간 봉급을 챙겨 줄 테니 공부하는 데 보태 써." 라고 하며 7만 원이라는 큰돈을 장학금으로 주셨다. 당시 하위공무원의 한 달 봉급이 4천 원이었으니 2년 치 임금과 비슷했다.

동짓달 어느 날, 오전 11시 부산역을 출발한 비둘기호 완행열차는 햇살이 뉘엿뉘엿 산등성이를 넘어갈 무렵 양보역 플랫폼에서 날개를 접었다. 가방 하나 달랑 메고 집으로 가는 길목, 아버지는 늦사리 아들이 돌아올 것이라고 짐작이나 한 것처럼 느티나무 아래 홀로 앉아계셨다. 나는 얼른 아버지 앞에 엎드려 큰절을 올린 다음, 집으로 돌아오게 된 경위를 한 톨도 빠짐없이 말씀드렸다.

그날 저녁 부모님과 오래간만에 같이한 오붓한 식사 자리에서 아버지는 가슴속에 묻어두었던 실타래를 풀어내기 시작하셨다.

"영주 네가 공부를 좀 더 해야겠다는 생각은 이 애비도 옳다고 생각한다마는 네 애비나 어미가 이제 경제 능력이 없어 도와줄 수도 없고…" 하시며 덕담이 이어졌다.

"봄에 호박을 심어 놓으면 그 씨앗에서 움이 나와 자라고 줄기가 뻗어가며 마디마디 꽃이 피고 애호박이 주렁주렁 매달리기 시작한다. 사람들은 호박잎을 따 솥에 쪄서 쌈을 싸 먹기도 하고, 애호박은 익혀 반찬을 만들어 먹기도 하지. 잘 생기고 큰 호박 몇 개는 똬리받침을 하여 누렇게 익도록 아껴두었다가 서리가 내리면 거두어 보관해 두고 호박죽도 끓여 먹고, 떡도 해 먹고 씨는 받아 말려서 이듬해 종자로 삼는다. 그런데 쭉쭉 뻗어나가야 할 호박 줄기가 오그라지면, 잘 삭힌 두엄을 뿌리 곁에 묻고 물을 주어 줄기가 다시 뻗어 나갈 수 있도록 하는 것이 농사꾼의 영농법이다. 이제 네가 다니던 직장을 그만두고 농사를 지으러 돌아왔다면 농사꾼의 기본자세로 돌아가 지게와 새끼줄을 항상 지니고 다니던지, 공부를 더 하려고 왔다면 필기구와 책을 몸에 항상 가지고 다니며 틈틈이 보고 듣고 기록하는 습관을 지녀야 한다. 너는 앞으로 마음을 다잡아 그렇게 할 각오가 되어 있느냐?"고 물으시며 나를 빤히 쳐다보셨다.

"예, 아버지, 저는 반드시 아버지 말씀대로 농사꾼의 기본자세를 지키며 살아가도록 하겠습니다." 하고 아버지의 가르침을 평생 가슴에 새겨 잊지 않을 것을 다짐하였다.

나 홀로 여행

1975년 6월 기말시험을 치르고 일상으로 돌아와 보니 국방의 의무를 해야 할 입대일이 성큼 다가와 있었다. 괜스레 마음이 불안하고 초조하여 갈피를 잡지 못하다가 입대 전에 꼭 한 번 해보고 싶었던 '나 홀로 여행'을 실행에 옮기기로 마음먹었다.

우선, 여행경비 마련을 위해 온천장에서 횟집을 하시는 누님을 찾아갔다. "누님, 다음 달 입대라 인사드리러 왔습니다." 했더니 "몸 건강히 잘 다녀와." 하시며 여비로 금일봉을 주셨다.

"고맙습니다."

국도를 따라 울산으로 가는 길가에는 신록이 넘실거리고 있었다. 바다가 은빛 비늘을 자랑하며 반짝이는 방어진항은 한 폭의 수채화 같았다. 언덕 어귀 그림 같은 집에 사시는 형님댁을 찾아갔다. 방어진항은 대대로 고래를 잡아 생계를 이어가는 어부들이 많았다. 어판장에는 이른 새벽부터 동해에서 잡은 집채만 한 고래를 해체하여 알 수 없는 손짓으로 경매를 하고 있었다.

엄청나게 큰 유조선은 중동 산유국에서 싣고 온 원유를 정유공장에 수유하고 있었다. 나뭇잎 같은 작은 조각배들이 물살을 가르며 오가는 바다 풍경을 실컷 가슴에 담았다.

형님댁에서 하룻밤을 묵고 대문을 나서는데 "도련님 몸 건강히 다녀오세요." 하며 형수님이 봉투를 하나 주셨다.

"고맙습니다."

다음날 아미동 형님댁으로 내려가 일주일간 술 배달 아르바이트를 하였다. 그렇게 해서 받은 용돈으로 목표로 정한 여행경비를 마련했다. 국제시장에서 여행에 필요한 가방과 평소에 입고 싶었던 청바지와 옷가지를 구입하여 나 홀로 여행 준비를 매듭지었다.

부산대학병원 앞 시내버스 정류장에는 출입문에 손을 매단 채 "서면 가요, 부산역 가요." 하고 외치는 파란 유니폼 차림의 안내양들이 있었다.

그녀의 꾀꼬리 같은 목소리를 듣고 부산역 앞을 지나가는 시내버스에 올라탔다. 나는 기분이 입가에 피어올라 옆자리 손님이 들리지 않을 정도의 노래를 옹알거렸다. 버스가 충무동 사거리를 지나자 각양각색의 차들이 줄지어 다니는 넓은 도로가 나왔다. 버스는 신호등이 시키는 대로 달리다가 멈추기를 반복하며 부산역 앞에 멈추었다.

광장에는 장미의 계절임을 알리듯 반팔 차림의 젊은이들이 쌍쌍이 팔짱을 끼고 다녔다. 방금 열차가 도착했는지 물밀 듯이 나오는 인파 틈을 헤집고 대합실에 들어가 순천행 차표 한 장을 샀다. 출발하려면 한 시간의 여유가 있었다. 구내매점에서 간식을 준비하고 대합실 의자에 기댄 채 파노라마처럼 흘러가는 수많은 사람들의 모습을 물끄러미 바라보았다.

'무슨 사연을 가슴에 달고 저토록 바쁘게 다닐까.' 생각을 하며 멍 때리고 있는데 열차출발을 알리는 안내방송이 흘러나왔다.

그동안 처음으로 경험하는 나 홀로 여행의 목적지와 일정을 머릿속에 그려두기만 하였었다. 이제 그 꿈을 싣고 날아가는 중이다. 생각이 여기까지 이르자 얼굴 가득 행복이 피어올랐다.

객실 선반에 가방을 올려놓고 빈자리에 앉았다. 창밖으로 펼쳐지는 1975년 초여름의 부산 시가지를 눈 속 영상으로 주섬주섬 찍어 담았다. 목이 쉰 철마는 기적을 울리며 굴뚝으로 알랭 드롱(Alain Delon)이 피우던 말보루 레드(Marlboro red) 같은 연기를 뿜으며 느릿느릿 미끄러지기 시작하였다. 열두 폭 병풍에 그려 놓은 범일, 범천, 가야, 개금 뒷산 자락에는 루핑 판자촌이 길섶마다 옹기종기 웅크리고 앉아 있었다. 자동차가 다니는 도로에 시선을 옮겨보니

'직진 차가 우선이다 끼어들지 마 빵빵, 먼저 진입한 차가 우선이다 빵빵' 하며 쉴 새 없이 빵빵대는 소리가 정글에서 사자(獅子)가 울부짖는 소리로 변하여 으르렁거렸다. 차량 사이를 요리조리 미꾸라지처럼 피해 다니는 자전거와 오토바이 틈 사이로 아등바등 걷고 있는 사람과 사람들….

열차는 이 복잡한 틈을 겨우 빠져나와 말없이 흐르는 낙동강 둑길을 따라 두 가닥 거미줄 위를 달리고 있었다.

열차는 오두막 역사에도 빠지지 않고 쉬었다가 쉬엄쉬엄 기어간 끝에 부산역을 출발한 지 아홉 시간을 넘어서 순천역에 날개를 접었다. 매몰차게 퍼붓던 햇살은 산등성이 너머로 사라지고 플랫폼에 띄엄띄엄 서 있는 가로등이 철마에서 내리는 불청객을

맞이하였다. 역 광장 주변에 옹기종기 모여 있는 식당으로 들어가 정식 한 상을 주문하자 주인 부부가 상에 요리를 가득 차려 들고 들어왔다.

상차림에는 윤기가 반질반질 흐르는 하얀 쌀밥과 석화를 넣어 끓인 쑥국 말고도 스물여덟 가지나 되는 요리가 정성스레 놓여 있었다. 꼬막조림과 쇠고기조림, 계란찜, 조기구이, 망둥어조림, 홍어무침 등 난생처음 받아보는 큰상이었다. 차려 준 음식이 먹음직스럽고 안주가 너무 좋아 막걸리 한 잔 없이는 그냥 넘어갈 수가 없었다.

아주머니에게 농주 반 되를 주문하였다. 자작하며 쟁반의 요리를 말끔하게 다 비우고 계산을 하면서 "순천에서 송광사까지 가려면 어디에서 버스를 타며 시간은 얼마나 걸립니까?"

내일 필요한 여행 정보를 미리 챙겨두고 인근 여관에서 하룻밤을 묵었다.

다음날 일찍 이부자리를 정돈하고 빵과 우유로 간단하게 아침 식사를 해결한 뒤 송광사 행 버스에 올랐다.

송광사는 통도사, 해인사와 더불어 삼보사찰의 하나로 '승보사찰'에 해당한다고 역사 시간에 배운 기억이 떠올랐다. 사찰 가운데 '스님이 가장 많이 수행하고 있기 때문에 문지방이 닳을 정도'라고 들었는데 아니나 다를까 대웅전과 관음전, 나한전 등 건물들은 그다지 웅장하지는 않지만 건물의 수가 엄청나게 많았다.

이 절은 조계산 자락에 둥지를 튼 신라시대의 유서 깊은 고찰이다. 나는 대웅전의 좌측 옆문을 살며시 열고 들어가 부처님을 향해 합장했다. 시주를 한 다음 향불을 붙여 향로에 꽂고 뒤로 물러나 엎드렸다.

"부족한 저를 대자대비하신 부처님 전까지 올 수 있도록 인도해 주시고 보살펴 주신 데 대하여 감사드립니다. 이 사바세계의 소풍을 편안하고 건강하며 행복하게 마치고 돌아갈 수 있도록 자비를 베풀어 주시옵소서!" 하고 기도하며 삼배를 올린 뒤 살며시 빠져나왔다. 도량의 크고 작은 불사를 하나씩 돌아다보며 선각자들이 남긴 예술작품을 가슴에 담았다.

경내 관람을 마치고 다음 목적지를 향해 간 곳은 춘향이와 이 도령의 사랑이 깃든 남원 광한루였다. 남원 시가지는 기와집과 초가들이 잘 어우러진 아담한 전원도시였다. 광한루 앞 연못을 가로질러 놓은 오작교 아래로 한 자가 넘어 보이는 비단잉어들이 날씬한 몸매를 자랑하며 요리조리 유영하고 다녔다. 잉어 새 끼들은 꼬리에 꼬리를 물고 기차놀이를 하고 있었다. 춘향이와 향단이가 구름 사이로 치맛자락을 펄럭이며 이도령의 애간장을 태우던 그네는 아직도 원형을 잘 보존하고 있었다.

광한루 일대를 둘러본 다음 읍내에 숙소를 정하고 식당을 찾아가 한정식을 주문하였다. 남원의 한정식은 요리가 무려 38가지나 되었는데 산나물과 더덕구이를 비롯한 묵나물 요리 맛이 일품이었다. 가격도 저렴하고 토속적인 반찬이 대부분이었다.

다음으로 찾아간 곳은 남원에서 가장 교통이 편리하고 가까운 전주였다. 녹색 물결이 울렁거리는 산과 들의 풍경에 그만 마음이 푹 빠져 뒹구는 사이 버스는 전주 시외버스 터미널에 도착하였다.

전주 시가지는 기와지붕 한옥이 대부분을 차지하고 있었다. 전북 도청소재지로 호남지방의 부호들이 사는 부자 도시처럼 보였다. 여관에서 하룻밤을 보내고 전주지방의 대표 음식인 비빔밥도 맛보며 한옥마을을 구경하였다.

다음 일정은 논산 관촉사 은진미륵불이었다. 관촉사는 대한불교 조계종 6교구인 마곡사의 말사로 은진미륵불은 고려 광종의 명을 받은 혜명 화상이 석공 100여 명과 함께 석불조성을 착수한 지 37년 만에 완공하였다. 그런데 석불에서 상서로운 기운이 사방에 가득하여 이곳을 찾은 사람이 인산인해를 이루었다고 전해온다.

미륵불의 이마에서 뿜어대는 불빛이 얼마나 찬란하고 신비스러웠던지, 송나라 지안 스님이 그 빛을 따라 이곳에 찾아와 '촛불을 보는 것 같이 석불에서 신비스러운 빛이 나온다.'며 예배를 올리고 간 인연으로 이 절의 이름을 관촉사(灌燭寺)라 했다고 전해온다.

불상의 본 명칭은 관촉사석조미륵보살입상(灌燭寺石造彌勒菩薩立像)으로 1963년 보물 218호로 지정되었다. 불상의 높이가 19m, 둘레는 9.2m로 관을 포함한 머리 부분이 하나의 바위로 조성되었고 가슴과 허리부분이 각각 하나로 된 3단으로 조성되었다.

불사의 총책을 맡은 혜명 화상은 현재 미륵불 위치에 솟아있는 바위로 허리 아랫부분을 조성했다. 가슴과 머리는 이곳에서 30여 리 떨어진 우두마을에서 조성한 뒤 천여 명의 인력을 동원하여 옮겨왔다고 전한다.

여행 마지막 날, 관촉사 관람을 마치고 돌아오는 길에 며칠 후 입대할 논산훈련소를 둘러보았다. 때마침 훈련병이 행군을 하고 있었다. 소대장의 구령에 따라 부르는 자유 대한민국의 군가

"행군 중에 군가한다. 군가는 '전우' 하나, 둘, 셋, 넷"

"겨레의 늠름한 아들로 태어나 조국을 지키는 보람찬 길에서
우리는 젊음을 함께 사르며 깨끗이 피고 질 무궁화 꽃이다."

훈련병의 군가 소리가 쩌렁쩌렁 울리며 메아리새가 되어 날아가고 있었다. 훈련소 주변을 둘러보며 군입대에 대한 두려움을 툭툭 털어버리고 나 홀로 여행의 추억을 가득 담아 고향을 향해 발길을 옮겼다.

황 노인

꼭두새벽 나뭇가지에 앉은 까치가 지저귀고 있다.

"째깍째깍, 어르신 양초 교대시간이 되었어요." 하며 부르는 소리에 노인은 부스스 눈을 비비며 일어난다. 제단의 촛불을 갈아 주지 않으면 불이 꺼지기 때문에 망을 보던 까치가 알리려고 온 것이다.

노인은 희끗희끗하게 색이 바랜 작업복 차림으로 양초와 라이터가 담긴 봉지를 한 손에 들고 길을 나선다. 하늘이 지평선의 벌어진 틈으로 연노랑 색칠을 시작할 무렵이다.

새벽이슬을 깨우려고 나온 사람들이 노인을 보고 "반갑습니다. 좋은 아침입니다!" 하고 인사를 먼저 건네면 "예, 예 올라오셨습니까?" 하고 답례를 한다.

봉지를 제단에 올려놓고 혼신의 힘을 모아 태우는 양초의 절규 소리를 들으며 석등의 문을 연다. 새 양초의 머리를 기울여 전 양초의 불을 심지에 옮겨 붙인다. 먼저 촛불을 나중 초의 바닥에 살살 돌려 녹이는 교대식을 하여 석등에 세우고 문을 닫는다. 교대식을 마치고 나면 제단을 향해 두 손을 모으고 허리를 굽혀 천지신명님께 기도를 올린다. 노인의 뒤에는 구부렁한 곰솔 일행이 노인을 따라 기도를 한다.

"오늘도 우리 자유 대한민국에 평화와 번영이 함께할 수 있도록 보살펴 주시고, 국민의 삶이 풍요롭고 편안해지도록 해주소서. 공원을 찾는 시민들의 소원이 모두 이루어지고, 건강과 행복이 충만하도록 굽어살피소서!"

살가운 햇살에 봄이 익어 갈 무렵, 노인은 어슬렁어슬렁 산책로를 걸어 다니며 나무와 시설물을 점검한다. 맨홀과 배수로에 낙엽이 수북이 쌓여 있는 것을 보고 파내기로 마음을 굳힌다.

삽과 괭이를 챙겨 와 구슬땀을 흘리며 준설을 마치고 나면 마음이 뿌듯하다. 돌담 틈바구니에서 민들레가 햇살을 받아 소령 계급장 같은 노란 꽃을 피웠다. 산책로 변 벚나무가 듬성듬성이가 빠져있는 것을 보고 공원관리소에서 묘목을 얻어다 심고 지주목을 세워준다. 강아지가 영역을 표시하고 지나가는 아침이면 멋대로 자란 잡초를 뽑기도 한다.

새로 심은 나무에 두엄과 물을 주기도 한다. 몇 년 전 심은 벚나무가 올해 들어 노인의 키보다 크게 자랐다. 드디어 봉오리가 속살을 발그레 드러내며 꽃을 피워 탐방객의 가슴을 설레게 한다.

삼복더위가 기승을 부리고 매미가 목청껏 합창을 하던 날, 칡덩굴이 편백나무를 칭칭 감고 목을 조르자 '칡덩굴이 목을 조여 죽겠어요!'

비명 소리를 들은 노인이 낫과 도끼로 칡덩굴의 밑둥치를 잘라주었다. 편백나무는 '어르신 감사합니다.' 하고 진한 향기로 보답한다. 산책로 주변에 도열한 나무가 태풍에 부러지거나 뿌리가 뽑히면 시민들이 불편을 느끼기 전에 노인이 넘어진 나무 둥치를 잘라준다.

황 노인은 2019년 기준 83세로 창원에서 태어나 이곳에서 줄곧 살아온 토박이 어르신이다. 남산이 공원으로 지정되기 전부터 과수농사를 업으로 삼으며 시의원을 역임하셨다. 자신의 일상과 연계하여 공원관리 자원봉사를 몸소 실천함으로써 주민들의 귀감이 되고 있다. 노인이 산신제단 석등에 정성을 쏟으며 촛불을 꺼지지 않게 하는 이유가 있다.

"양초는 자신의 몸을 태워 사그라지며 남을 위해 세상을 밝히는 희생정신을 의미합니다. 자신의 희생과 봉사가 가정과 직장, 사회와 국가를 살맛 나게 하고, 사람과 사람을 소통시키며, 이웃과 이웃의 벽을 허물고 행복하게 해주는 자비심(慈悲心)의 근본임을 사람들에게 일깨워줍니다. 중앙에 박혀있는 심지(心志)가 바르지 않으면 양초를 끝까지 태울 수 없듯이 사람들은 마음의 심지를 항상 바르게 가다듬으며 살아야 해요."

그는 사람답게 사는 행실을 온몸으로 보여주고 있다.

뽕잎

우리가 중학교에 다니던 시절, 시골에는 집집마다 누에를 많이 길렀다. 누에는 한 생애에 네 번의 잠을 자며 허물을 벗는다. 넉 잠을 자고 난 누에를 5령이라고 한다. 5령이 된 누에는 8일 동안 뽕잎을 갉아 먹고 나면 더 이상 뽕잎을 먹지 않고 몸이 점점 작아지며 집 지을 자리를 찾는다. 이때 섶을 올려주면 일정한 곳에 멈추어 머리를 전후좌우로 흔들어대며 입에서 1.2~1.5km의 명주실을 뽑아 고치라는 집을 짓는다.

누에고치는 비단(silk)을 만드는 원료이다. 누에를 길러 얻은 고치를 공판장에 내다 팔아 번 돈은 어려운 가정경제에 짭짤한 수입원이 되었다. 누에를 기르는 철이 다가오면 나무 둥치를 베어 기둥을 세우고 가로세로 막대기를 걸쳐 끈으로 묶거나 못으로 박아 선반을 만든다. 선반 위에 돗자리를 펴고 그 위에 신문이나 비료포대 종이를 깔아 놓는다.

알에서 갓 깨어난 아기누에는 작고 까맣다. 개미를 닮았다고 하여 개미누에라고 불렀다. 개미누에는 너무 어리기 때문에 뽕잎을 잘 씹지 못한다. 사흘 동안은 부드러운 뽕잎을 잘게 썰어주면 잎에서 나오는 하얀 즙을 빨아 먹다가 4일째 되는 날 첫잠을 자며 허물을 벗는다.

허물을 벗은 누에는 가무잡잡하던 몸이 뽀얀 우윳빛으로 변하
며 다시 3일 동안 뽕잎을 갉아 먹고 4일째가 되면 두 번째 잠을
자며 허물을 벗는다. 또다시 3일간 뽕잎을 갉아 먹고 4일째가
되면 세 번째 잠을 자며 허물을 벗는다. 그다음은 4일간 또다시
뽕잎을 갉아 먹고 5일째 되는 날 네 번째 잠을 잔다. 넉 잠을 자
고 마지막 허물을 벗은 누에는 8일 동안 엄청난 식성을 자랑하
며 뽕잎을 먹어치우는데 '사각사각'하며 뽕잎 갉아 먹는 소리는
함석지붕을 두드리며 지나가는 작달비 소리와 같다.

누에가 이 기간에 먹어치우는 뽕잎은 전 생애에 먹는 뽕잎의
8할 정도이며 몸집도 가장 큰 시기이다. 이때가 되면 전 가족이
한마음으로 매달려 뽕잎을 따다 나르는 누에와의 전쟁이 벌어진
다.

내가 중학교 2학년이던 어느 날, 엄마는 "뽕잎이 아무래도 부
족할 것 같다. 수업 마치고 가락 고모님 댁에 가서 뽕잎을 좀 얻
어 오너라." 하셨다.

나는 수업을 마치자마자 숨겨두었던 지게를 찾아서 지고 고모
님 댁으로 갔다. 이날은 마침 친정 조카가 올 것을 알기라도 한
것처럼 고모님이 허드렛일을 하며 집에 계셨다. 큰절을 올린 다
음 "엄마가 뽕잎이 부족할 것 같다며 고모님 댁에 가서 좀 얻어
오라고 하셨어요."

고모님을 따라 고라니가 순찰을 다니는 구부렁한 숲길을 걷다
가 늙은 뽕나무가 밭두렁에 한 줄로 서 있는 들깨밭으로 들어갔
다. 까맣게 익은 오디를 몇 개 따서 한입에 넣고 우물거리며 뽕

잎을 따서 꾹꾹 눌러가며 포대에 채워 새끼줄로 묶었다.

지게에 지고 집으로 가려는데 고모님이 나를 부르며 "학교 마치고 배가 고플 낀데 저녁밥 차려 줄게 먹고 가라."고 하셨다. 그 말을 듣자 등에 붙어있던 뱃가죽이 꼬르륵 소리를 내며 어서 밥을 달라고 졸라댔다. 나는 마음속으로 기뻐하면서도 속마음을 누른 채 고모님 댁으로 따라 들어갔다.

담장에 지게를 세워두고 대청마루에 앉아 저녁상이 나오기를 기다렸다. 고모님은 놋그릇에 수북하게 담은 흰쌀밥과 찬물 한 사발, 양념을 바른 갈치 한 토막, 장독에서 꺼낸 깻잎 한 접시, 계란찜과 된장, 풋고추를 접시에 담은 상을 들고 오셨다.

"고맙게 잘 먹겠습니다." 인사를 마치자마자 곧바로 입으로 들어오는 밥은 꿀꺽꿀꺽 소리와 함께 목구멍으로 넘어가기 시작하였다. 그렇지만 "양반 가문의 자손은 손님 행세*를 할 줄 알아야 한다."고 하신 아버지의 말씀을 항상 들어왔기 때문에 '밥을 몇 숟가락 정도 남겨야지.' 하는 생각으로 밥 먹는 속도를 반으로 줄이고 숟가락으로 밥알을 살살 긁고 있었다.

조카가 손님 행세할 것을 알아차린 고모님은 밥그릇에 물을 부어주며 "우리 집에서는 손님 행세 안 해도 된다. 집에까지 십여 리를 걸어가려면 배가 고플 끼다. 남기지 말고 다 먹고 가." 하시는 게 아닌가.

'고모님은 조카의 배고픈 속사정을 어떻게 눈치챘을까?' 하는 생각에 눈가에 맺힌 뜨거운 눈물방울이 주르륵 볼을 타고 내려왔다. 나는 혹시 고모님이 보실까 봐 얼른 옷소매로 닦았다.

밥을 다 먹고 난 다음 "밥 잘 먹었습니다. 고모님, 고맙습니다. 안녕히 계십시오." 뽕잎 포대를 짊어지고 출발하려는데 "조카! 학교 다니며 어른 심부름한다고 고생이 많구나. 얼마 안 되지만 용돈해라. 아버지와 어머님께 안부 전하고… 알았지." 하시며 거북선이 새겨진 주화 두 개를 내 손에 꼭 쥐여주었다.

나는 "고맙습니다. 고맙습니다." 하고 다시 한번 감사의 인사를 한 뒤 종종걸음으로 고샅길을 지나 노루가 다니며 만든 숲길을 따라 콧노래를 흥얼거리며 걸었다. 해는 이미 산등성이를 넘은 지 오래되었고 거무스레한 하늘 귀퉁이에서 내려다보던 초승달이 소년 혼자 걸어가는 길을 비춰주고 있었다.

뽕잎을 짊어지고 가는 두 다리는 불끈불끈 힘이 솟았다. 뽕잎을 지고 가는 것인지, 빈 지게를 지고 가는 것인지 구분이 되질 않았다.

---

* 양반가문 '손님 행세' : 1950년 6 · 25전쟁이 발발하고 4년에 걸친 전쟁이 휴전된 뒤 흉년이 들어 양식이 턱없이 부족하였다. 이때, 손님이 찾아오면 부족한 양식으로 음식대접을 하였는데 손님은 주인의 속사정을 미리 알고 밥을 조금 남겨두는 미덕(정)이 있었다. 손님이 남긴 밥은 주로 집안의 굶주린 아이나 부녀자들이 끼니를 때웠다. 이를 두고 양반가문 '손님 행세'라는 말이 통용되고 있었다.

쁘라삐리운

2018년 7호 태풍 '쁘라삐리운(Praprioon)'은 태국에서 제시한 태풍 이름이다. 비를 관장하는 신(神)인 바루나의 태국식 이름이 곧 쁘라삐리운이다. 이 태풍은 제주도를 관통하고 대한해협을 지나며 우리나라에 6명의 사상자와 8,500ha의 농경지를 침수시킨 뒤 동해상에서 소멸하였다.

태풍이 지나간 자리
파아란 하늘만 남았구나.

홀로 앉아 소꿉놀이하는
손녀 닮은
뭉게구름 하나 보듬고

한 조각 구름이 모이는 것은
세상에 태어남이요.

한 조각 구름이 사라짐은
세상을 떠남이라 했던가.

모였다가 사라지는 구름 한 조각
만났다가 헤어지는 우리네 인생

다시 만날 기약일랑
훌훌 벗어 던지고

우리 주변에 모인 뭉게구름 인연
보듬고 다독이며

건강 행복 사랑
꿈꾸다 그리워하다가

사르르
눈 감고 미소 지으며
떠나가리라

이 세상
소풍 마치는 그날까지

직업군인

　초등학교를 중퇴하고 머슴살이를 하던 도수 형이 제대를 코앞에 남겨두고 장기부사관에 지원하였다. 그 소식이 마을 사람들의 입에서 입을 타고 돌고 돌았다. 동백꽃이 피었다 지고 눈 속에서 숨죽이고 있던 매화가 봄이 찾아왔다며 고샅길마다 향기를 풍길 무렵이었다.

　도수 형은 하사관 정장 차림으로 고향을 찾았다. 술과 음식을 준비하여 마을 어르신들을 모아놓고 잔치를 벌였다. 그때 내가 본 도수 형은 머슴살이 때보다 훨씬 늠름하고 멋져 보였다. 만일 도수 형이 만기 제대를 했더라면 다시 머슴살이나 소작농으로 시골에서 어렵게 살고 있을 게 틀림없었다.

　'아! 나도 생도 후보생에 지원하여 장교만 될 수 있다면 소위, 중위, 대위로 승진하고 운이 따라주면 소령, 중령, 대령도 할 수 있을 텐데.' 하고 직업군인의 꿈을 마음속으로 그려 보았다. 그 당시 의식주 해결이 급선무였기 때문에 직업군인이 되면 의복을 비롯하여 생활용품 일체를 나라에서 지급 받으므로 먹고 입고 살아가는데 걱정이 없을 것만 같았다.

　나는 그때부터 나름대로 후보생 시험 준비를 착실히 하기 시작했다. 1974년 상반기 육군3사관학교 12기 생도 후보생 모집

시험에 응시해 필기시험에 합격하였다. 2차 시험인 국군통합병원에서 신체검사와 건강검진에 합격판정을 받았기 때문에 사실상 생도후보생이 된 것이나 다름없었다. 육군3사관학교 후보생등록을 열흘 앞두고 고향에 계신 부모님을 찾아뵙고 입교 인사를 올렸다.

아버님은 얼굴에 웃음꽃이 만발하여 "우리 막둥이가 큰일을 해냈구나! 그동안 경제력 없는 부모를 만나 고생 많이 했다. 장교훈련은 받기가 힘들 텐데 너는 그동안 고생을 많이 해봐서 충분히 견뎌낼 수 있을 것이다." 하시며 어깨를 다독거려 주셨다.

곁에 앉은 엄마도 "우리 아들 참 장하다. 수고 많이 했다." 하시며 눈가의 주름 사이로 방울방울 눈물이 흘러내렸다.

나는 마을 어르신들과 친척 집을 찾아다니며 "소위 후보생으로 합격하여 인사드리러 왔습니다." "김 소위, 수고했어요. 훌륭해, 몸 건강히 잘 다녀와요!" 하시며 모두들 칭찬과 격려를 아끼지 않았다.

영천으로 가는 시외버스를 타려고 터미널 대합실에서 기다리는데 또래의 청년들이 하나, 둘씩 가방을 메고 모여들었다. 윈도우 너머 실버들 사이로 3사관학교 유니폼 차림의 생도와 긴 머리의 연인이 팔짱을 끼고 걸어가고 있었다.

영천행 시외버스는 뿌연 먼지를 날리며 쉴 새 없이 달린 끝에 3사관학교 입구에 도착하였다. 나는 선배 후보생이 안내하는 부산경남지역이라고 적어둔 팻말 앞에 기다렸다가 포병장교 후보생 24훈육부대로 배치되었다. 입교 첫날은 선배 후보생으로부터 군가와 제식훈련을 익혔다.

　이글거리던 햇살은 뉘엿뉘엿 사라지고 붉게 물든 노을이 검정색으로 물들어갈 무렵 내무반과 침상을 배정받고 개인용품을 지급받았다. 내무반은 1인용 침대가 1, 2층으로 구분되어 8명이 생활할 수 있도록 마련되어 있었다. 깨끗이 세탁한 하얀 매트리스에 하얀 커브, 하얀 면포를 씌운 베게, 새하얀 이불까지…. 일류호텔과 비교해도 부족함이 없어 보였다.

　저녁 식사는 구내식당에서 식판을 지급받아 필요한 양만큼 밥과 반찬을 가져다 먹었다. 식기는 각자 씻어 보관대에 꽂아두면 되었다.

　다음 날 아침, 여섯 시가 되자 기상 나팔소리가 단잠을 깨웠다. 우리는 자리에서 일어나 관물을 정돈하고 연병장으로 나가 집결하였다. 그동안 1절만 불러보았던 애국가를 3절까지 불러보고, 교관의 구령에 따라 맨손체조를 한 다음 구보를 하였다. 오와 열을 맞추며 조교의 구령에 따라 부르는 군가는 '진짜사나이'

　"지금부터 군가 한다. 군가는 진짜 사나이, 군가시작 하나, 둘, 삼, 넷."

　구령 소리가 끝나자 찌렁찌렁 울리는 메아리는 영천 하늘 멀리멀리 퍼져나갔다.

　　사나이로 태어나서 할 일도 많지만
　　너와 나 나라 지키는 영광에 살았다.

전투와 전투 속에 맺어진 전우야.

산봉우리에 해 뜨고 해가 질 적에

부모형제 나를 믿고 단잠을 이룬다.

호각 소리에 맞추어 4km를 뛰었다. 샤워장에서 머리부터 발끝까지 물을 뒤집어쓰고 난 뒤 먹는 밥은 꿀맛이었다. 입교한 지 3일이 지나자 담당 교관이 "신입 후보생을 대상으로 종합 신체검사가 있다."고 알려주었다. 이날 나는 후보생들과 함께 검사관 앞으로 가서 섰다.

"양손 손가락을 모두 펴서 엄지에서 약지까지 차례로 하나씩 오므린 다음 다시 하나씩 펴보세요."

시키는 대로 왼손 엄지손가락부터 하나씩 폈다가 다시 오므리고 있는 나의 왼손을 덥석 잡으며 "약지 한마디가 어쩌다가 절단되었지요?" 하고 물었다.

"어릴 때 사고로 다쳤습니다." 하고 대답하였다. 검사관은 신검카드에 '약지 한마디 절단'이라 적었고 나머지 신검은 아무런 이상 없이 마쳤다.

다음 날 아침, 어제 실시한 신체검사결과 퇴교 대상자가 발표되었다. 내 이름도 명단에 포함되어 있었다.

그날 오전 10시 소령 계급장을 단 장교가 퇴교 대상자들을 대강당에 모두 불러놓고 훈시를 하였다.

"여러분, 그동안 우리 육군3사관학교까지 오셔서 훈육생활과 신검을 받느라 수고 많았습니다. 그러나 어제까지 실시한 신체검사 결과 여기 모인 여러분은 우리 학교에서 바라는 소위 후보생 신체조건에 충족되지 않아 아쉽지만, 퇴교를 결정할 수밖에 없었습니다. 이점 널리 이해하여 주시고 여러분이 우리 학교에 입교한 뒤로 보고 듣고 경험하신 모든 군사 관련 사항은 군사기밀에 해당하므로 어떠한 경우라도 보안을 철저히 지켜주시기 바랍니다. 그동안 수고 많이 하셨습니다. 이제부터 본인의 소지품을 챙겨 각자 집으로 돌아가시기 바랍니다."

훈시를 듣고 나니 가슴이 마구 두근거리며 머리가 핑 돌았다. 내가 그동안 꿈꾸어오던 희망이 송두리째 뽑혀 날아가고 나를 아끼고 사랑해 주시던 사람들을 다시 찾아볼 면목이 없을 것만 같았다.

이날 함께 퇴교당한 청년들은 어림잡아 백여 명이 넘었다. 강당을 빠져나와 입고 왔던 사복으로 다시 갈아입고 24훈육부대에서 같이 퇴교한 충청, 전라, 강원 출신 청년 3명과 함께 대구 비산동 한 주막에서 다시 모였다.

서로가 서로를 위로하고 자신이 자신을 위로하기 위해 마련한 자리였다. 한 사람이 의견을 제시하면 일사천리로 따라주었다. 1인당 소주 3병씩을 비운 뒤 우리들은 기약 없는 이별을 하고 각자 고향 앞으로 돌아갔다.

'우리나라 장교 한번 참 잘 뽑는구나. 역시 희망이 있는 멋진 나라다.'라는 생각을 하며 오늘 이후, 육군3사관학교에서 퇴교당한 것을 절대 후회하지 않도록 남은 인생을 아름답고 멋지게 살아가겠다고 다짐했다.

자귀나무 꽃

아지랑이가 아스팔트 도로에서 놀다가 앙칼지게 덤비는 열기에 쫓겨 도망치던 초여름. 소파에 누운 채 졸음이 사르르 눈까풀을 덮자 나비 한 마리가 실록의 화폭으로 나래를 너울거리며 날아들었다.

1967년 당숙 아재 뒷마당의 구부렁한 살구나무가 잘 익은 살구를 동네 아이들에게 나누어주고 있었다. 마전 들녘에는 가족들이 볏짚으로 보릿단을 묶어 나르고, 쟁기로 논바닥을 갈아엎어 써레질을 하는 등 모내기 준비가 한창이었다. 영농철이면 쇠죽을 담당하던 나는 쇠꼴을 미리 베 두었다가 소가 농사일로 힘들 때마다 쌀겨와 보리를 섞어 맛있는 죽을 끓여주었다.

이날도 꼴을 베어 발채에 담아지고 누렁이와 집으로 돌아오고 있었다. 계곡 입구에 이르자 누렁이는 나를 따라오라는 신호를 보내며 고삐를 획 잡아당겼다. 누렁이가 가자는 대로 따라가 보았더니 분홍 수실을 머리에 이고 너울너울 춤추는 자귀나무 몇 그루가 옹기종기 군락을 이루고 있었다.

자귀나무는 구부정하게 드러누워 젖가슴을 내주며 '우리 누렁이가 배가 많이 고팠는가 보네, 어서 와 실컷 먹고 가.' 하는 눈짓을 하였다. 누렁이는 자귀나무 곁으로 다가서자마자 목을 길게 뽑고 입을 벌려 혓바닥을 날름하고 가지를 휘감아 뜯었다. 입속에서 우두둑 우두둑 소리를 내며 한참 만찬을 즐기고 나서 양쪽 배가 볼록해지자 '이제 집으로 돌아가자.'며 고삐를 다시 휙 당겨 앞장서서 걷기 시작하였다.

봄철이면 수많은 꽃들이 피었다 지고 나면 산야가 온통 초록으로 도배를 한다. 이 시기를 기다렸다가 자귀나무는 우산살 꽃대를 하늘을 향해 추켜세우고 가늘고 흰 비단실에 연분홍 분칠을 한 향내를 수백 리에 날려 보낸다. 할아버지는 자귀나무 꽃과 열매를 따서 햇볕이 많이 쬐는 날을 골라 멍석 위에 말린 다음 잘게 썰어 봉지에 담고 '자귀목화'라 써 붙여 천장에 대롱대롱 매달아두었다. 친척이나 향리 사람 가운데 가슴이 두근거리거나 우울증, 불면증으로 찾아오면 자귀목화를 달여 먹도록 처방하였다.

자귀나무는 낮이면 잎을 벌려 탄소동화작용을 하고 밤이면 잎을 서로 포개고 잠을 잔다. 밤마다 잎을 포개고 자는 자귀나무 잎의 성정을 사람들이 알아차리고 '금실 좋은 부부의 상징'으로 여겨왔다. 신혼부부 방 가까이 심어두면 부부의 금실이 좋아지고 가정이 화목해진다고 믿는다. 조경사는 쌈지공원이나 자투리땅에 자귀나무 군락을 만들어 사람과 사람 사이의 갈등을 치유하고 사회가 화목하고 행복하기를 염원한다.

인연(因緣)

1980년 울긋불긋 화장한 단풍이 하나둘 제 고향으로 떠났다. 육신의 짐을 내려놓은 나무들은 앙상한 나목(裸木)이 되어 맹추위를 이겨내느라 숨 가쁜 오후. 책상 위의 전화기가 요란스럽게 울어대며 나를 찾았다. 하던 일손을 멈추고 수화기를 들었다.

"여보세요." 하는 소리와 함께 낯익은 목소리가 데굴데굴 굴러 나왔다. 경찰에 몸담은 형님의 전화였다.

"동생, 근무 잘하고 있나? 오늘 퇴근하고 일곱 시까지 로터리 다방으로 나와 알았지." 하는 것이었다.

"예, 무슨 급한 일이라도 있습니까?" 하고 물어보았지만 "나중에 만나서 이야기하자."며 전화를 끊었다.

나는 남은 일을 서둘러 마무리하고 형님과 약속한 다방으로 들어갔다. 실내가 어두컴컴하여 두리번거리고 있는데 형님이 먼저 알아보고 손을 들었다.

"용건도 안 가르쳐 주시고… 무슨 일로 나오라 했습니까?" 하고 묻자 그때야 "나하고 잘 알고 지내는 분이 참한 아가씨가 있다고 해서 내친김에 맞선을 보자고 했다. 요즈음 아버지께서는 편찮으시다며 막내아들 결혼을 시켜야 눈을 감겠다고 애간장을 태우고 계신다며 큰형님한테 전화가 왔다."고 하였다.

형제간에 나란히 앉아 주크박스의 신청곡 하나가 끝나갈 시간이 흐르자 맞선 볼 아가씨 일행으로 보이는 손님들이 여닫이문을 열고 들어왔다.

우리는 아가씨 일행과 마주 앉은 뒤, 형님이 먼저 총각을 소개하고 아가씨의 형부는 아가씨와 동행한 가족을 소개하였다. 커피를 주문하여 한 잔씩 마신 다음 동행한 가족은 약속이라도 한 듯 자리를 비켜주었다.

서먹서먹하고 쑥스럽기도 하였으나 나는 코앞에 앉아 있는 아가씨의 머리 스타일과 이목구비를 비롯하여 얼굴, 피부, 키, 몸매를 하나씩 훑어보고 '아! 이 아가씨야말로 내 마음속에서 찾고 있던 이상형이구나!' 하는 생각이 주마등처럼 지나갔다. 그러나 겉으로는 시치미를 뚝 떼고 아가씨의 본과 이름, 가족관계, 직장, 출신학교를 하나씩 물어보았다.

아가씨는 믿음과 진실을 꽃바구니에 담아 화답(和答)하였다. 그때 뮤직 박스에서는 고즈넉하고 은은한 연막을 깔아주기라도 하듯이 가수 심수봉의 '그때 그 사람' 노래가 가냘픈 음원으로 흘러나왔다. 심수봉의 노래에 넋이 나가고 눈앞에서 종알거리는 미모의 아가씨에게 매혹되어 시곗바늘이 돌아가는 줄도 모르고 도란도란 하트를 주고받았다. 다시 만나기를 약속한 다음 전화번호를 교환하고 헤어졌다.

그날 이후 나는 연말까지 처리해야 할 일들이 산더미처럼 쌓여 맞선본 기억은 까마득하게 잊고 있었다. 아가씨로부터 "언제쯤 시간을 낼 수 있어요?" 하는 전화를 받고서야 아차하고 잊었던 기억을 다시 찾았다.

약속 시간을 잡고 만난 두 사람은 서로의 일상을 쪼개가며 데이트와 식사를 했다. 맞선을 본 사이에서 연인 사이로 달콤한 사랑의 밑그림을 그려가고 있었다.

만난 지 한 달이 조금 지난 어느 날, 평소와 같이 출근을 하려는데 형님이 나를 부르며 "동생, 이번 주 일요일은 다른 약속을 잡지 마라. 큰형님하고 아가씨 부모님 댁을 다녀오기로 약속해 두었다." 하는 것이었다. 아가씨의 어르신에게 부담이 되지 않도록 사전에 알리지 말고 한번 다녀오자는 것이었다.

일요일 오후 큰형님의 처남이 운전하는 승용차에 삼형제가 나란히 타고 아가씨의 부모님 댁으로 출발하였다. 시내를 벗어나자 도로변의 숲이 터널을 이루고 있었다. 지장계곡 오르막길을 숨을 헐떡이며 달리던 차는 해거름 때가 다 되어 아가씨의 부모님 댁에 도착할 수 있었다.

아가씨 부모님이 사시는 집에는 초등학생으로 보이는 여동생과 어머님이 집에 계셨다.

"실례합니다. 지난번 둘째 따님하고 맞선 본 총각의 형님입니다. 폐를 끼쳐드릴까 싶어 미리 양해를 구하지 못하고 이렇게 불쑥 찾아왔습니다. 괜찮으시다면 집안을 좀 구경해도 될까요?" 하고 큰 형님이 예의를 갖추어 양해를 구했다.

일행은 집안 살림살이 곳곳을 둘러보았다. 본채는 수십 년 동안 갈대로 엮은 이엉을 덮었으며, 가로세로로 새끼줄을 단단히 묶어 매듭을 지었다. 부엌과 마루 밑에는 나무둥치를 쪼갠 장작이 가지런히 쌓여 몇 년은 땔감 걱정 없이 지낼 수 있도록 준비되어 있었다. 사랑채 벽면에는 낫과 괭이, 삽, 호미 같은 농기구를 칠흑 같은 밤에도 찾을 수 있도록 보관용 틀을 짜서 가지런히 걸어 두고 있었다.

뒷간에는 동일한 크기로 엮은 덕석을 둘둘 말아 등걸 위에 포개 두었고, 처마에는 통발과 어구를 끼리끼리 묶어 가지런하게 걸어 두었다. 헛간에 들어가 보니 두엄과 재를 교대로 쌓아 삭혀두어서 내년 한 해 농사 채비를 잘해 두고 있었다. 담장은 황토와 호박돌을 층층이 쌓고 용마루는 기와를 덮어 전통가옥과 어우러지게 뽐내고 있었다. 이처럼 집안에 가재도구가 잘 정리 정돈 되어 일반 농가와는 색다른 선비 가문다운 모습을 하고 있었다. 큰형님이 먼저 말 머리를 끄집어냈다.

"동생! 아가씨가 부모님의 성품을 닮았으면 집안 살림을 참 잘할 것 같다. 아가씨의 형부한테 듣기로는 아가씨 작은아버지가 S대학교 법대를 나왔다니 학식이 있는 집안일 것 같고, 부친은 경주최씨 가문에 한학을 하신 선비로 살림도 잘 꾸리시는 훌륭한 분 같다. 우리 집안이 경주최씨 가문과 인연을 맺는다면 아버지는 기뻐하실 것이다." 하고 말을 마치자 곁에서 듣고 있던 작은형님과 사형도 이구동성으로 "이만하면 집안은 괜찮습니다." 하며 큰형님 생각에 맞장구를 쳐주었다.

이날 이후 큰형님은 사성을 싸 들고 울산으로 와서 아가씨의 형부에게 전달하며 양가에서는 결혼을 서둘렀다. 결혼식 날짜는 예식장 일정에 맞추도록 의논하였다. 우리 둘은 결혼을 앞두고 주말마다 부산으로 내려갔다. 국제시장과 백화점을 헤집고 다니며 반지와 목걸이 같은 패물을 고르기도 하고 양복과 양장 등 옷감을 골라 맞추었다. 예식장, 기념사진, 신부화장도 예약 하였다. 평일에는 퇴근 후에 서로 만나 보금자리 방도 구하고 가재도구를 물어다 나르느라 태화강의 칼바람을 사랑의 온기로 녹여가며 달콤한 연인 시절의 한때를 보냈다.

결혼식을 올리는 날이 수만 리나 먼 곳에 있다고 생각하였는 데 어느새 동녘이 불그레해지며 하늘 문을 열어주었다. 주례는 대학교 총장으로 계시는 외사촌 형님이 맡아주었다.

형님은 주례사에서 "서로 다른 가정과 환경에서 태어나고 자 란 신랑신부가 오늘 두 집안의 크나큰 인연으로 만나 이 자리에 모이신 여러 하객과 친지 앞에 혼인서약을 하였습니다. 검은 머 리가 파 뿌리가 될 때까지 두 사람은 좋은 일이나 궂은일이나 서로 양보하고 사랑하며 아끼고, 양가 부모님께 효도해야 합니 다. 가족 간에 화목하고 아들딸 낳아 훌륭하게 잘 키울 것이며, 행복하고 건강하게 사회의 모범생으로 살아주기를 바랍니다." 라고 좋은 덕담만을 골라서 축하해 주셨다.

이렇게 평생 한 번뿐인 결혼식을 올리고 축하의 박수를 받으 며 우리를 태운 택시는 김해공항에 도착하였다. 매형이 호텔과 비행기 좌석을 예약해 주고 도와주신 덕분에 둘은 제주행 비행 기 좌석에 편안하게 앉아 신혼여행을 즐길 수 있었다.

"우리 비행기는 곧 이륙하겠으니 안전벨트를 매 주시기 바랍 니다." 하는 안내방송이 흘러나왔다. 잠시 후 굉음과 함께 비행기는 양 날개를 퍼덕이며 힘차게 비상하여 구름 위를 날고 있었다. 사랑하는 님과 나는 태어나서 처음 타보는 비행기라 신기하고 가슴이 벌렁거리는 벅찬 순간을 맞이하였다.

　지상 삼천 피트에서 내려다본 바다에서는 작은 어선들이 학익진을 치며 고기를 잡고 있었다. 우리 부부는 구름을 타고 하늘을 나는 신선이 되었다. 하얀 솜털구름 위에서 펼치는 신비로운 환상의 세계에 들어서자 눈 부신 햇살이 우리를 반갑게 맞아 주었다. 우리의 허니문은 석존이 화엄경에서 설법하신 '보살이 무량겁을 수행한 끝에 의혹을 끊고 깨달음에 눈을 떠 환희지(歡喜地)에 들어간 기분'이었다. 햇살까지 우리 부부의 결혼을 축하해 주었다. 인연(因緣)을 맺도록 해주신 양가 부모님과 조상님, 인연으로 만난 분들께 고맙고 감사하다는 기도를 올렸다.

　'아내를 사랑하고 가족과 친지, 사회에 보탬이 되도록 봉사하리라. 베풀고 덕을 쌓아 건강하고 행복한 꿈을 그리면서 살아가련다.' 마음속으로 굳게 다짐했다. 꿈나라로 먼저 간 사랑님의 손등에 내 손을 살며시 포갠 채 지그시 눈을 감았다.

산까치의 노래

여보게, 친구
우리가 누구인가
'88세까지 88하게 즐기며 살다 가자' 언약한
여덟 친구 아니던가.

6 · 25동란 휴전 이후
보릿고개 넘어올 때
부모님 은덕으로 사람 옷 얻어 입고
별 중의 별 한반도로 소풍 온
여덟 친구 아니던가.

사명대사 서기어린 '표충사' 뜰아래
여장을 풀어놓고
맘씨 고운 아낙이 정성으로 고아 준
진국 한 그릇 들이키니
온갖 피로 다 가시네.

강변의 모래알보다 더 많은

아기별들이 소꿉놀이할 때
칠공 팔공 노래방에 들어가
세 시간을 불러도 아쉬움이 남아
덤으로 반 시간을 더 불렀네.

각양각색 음정박자
신나고도 즐겁구나.
너울너울 춤사위
어깨는 들썩들썩
엉덩이는 삐쭉빼쭉
일류 가수가 삐쳐 나가겠네.
온돌방에 함께 누워 부르는
코골이
한 친구는 높은음자리
한 친구는 낮은음자리
화음이 척척 잘도 맞구나.

여덟 친구 거닐던 아침 산책길
푸르른 산야가 한 폭의 수채화
이순을 훌쩍 넘긴 삶의 주인공
이야기꽃이 몽실몽실 피어올랐네.

아름드리 떡갈나무 둥치

푸른 이끼가 건네는 속삭임
'친구여, 밀양에 잘 왔노라 편히 쉬고 가시게.'
한들한들 온몸으로 맞이하네.

여보게, 친구
'잘살아보세, 하면 된다'
어르신 말씀 올곧게 듣고
근면 검소 일념으로 살아온
우리들이 아니던가.

밀양댐 언저리
색동옷 입은 단풍 아씨 뒤에 세우고
'사랑해요' 멋진 폼
추억을 새록새록 가슴에 담았네.

보현연수원
치고받고 웃으며 한때 놀던 탁구 시합
이 아니 즐거운가.

산까치가 부르는 사랑의 노래
친구들이 부르는 행복의 노래
해마다 다시 만나 불러 보세나

여보게, 친구
건강이 있어야 행복도 있다는데
남은 세월
건강하고 행복하게 살다 가세나.

진영공설주차장
여덟 친구가 손등을 포개곤
우정의 탑을 쌓은 다음

'팔팔회 파이팅'
해거름에 장닭이 홰치는 소리
청춘도 날아가네.
세월도 날아가네.

정유년의 가을은
점점
저물어만 가네.

떨켜 *

이른 아침 진이 친구가 톡 방에 올린 「세 아들」이라는 글이다.

어느 노인에게 세 아들이 있었다. 하루는 셋이서 골프를 치러 갔다. 뒤 팀에서 바라보니 앞 팀이 너무나 진지하게 공을 치고 있었다. 주로 네 명이 한 팀으로 골프를 치는데 세 명이 공을 치는데도 밀려서 뒤 팀이 기다리기가 일쑤였다. 그래도 뒤 팀은 느긋이 기다리며 '앞 팀이 엄청나게 큰 내기 골프를 하나 보다' 하고 생각하였다. 그러다가 그늘 집에서 앞 팀의 캐디를 만나 물어보았다.

"도대체 앞 팀은 얼마짜리 내기 골프를 하고 있기에 그렇게 시간이 오래 걸립니까?"

캐디가 대답하였다.

"삼 형제 중 오늘 내기 골프에서 진 아들이 아버지를 모시기로 했답니다."

이 글은 먼저 세 아들의 입장에서 살펴볼 필요가 있다. 우리나라의 장자 상속제도는 조선시대 주자학과 성리학의 영향으로 종족 제도가 강화되었다. 가부장 제도가 자리 잡게 되면서 아들딸 구분 없이 분배하던 상속이 아들과 딸을 구분하기 시작했다. 아들 중에서도 장자를 우대하는 상속으로 변천해 왔다.

아들과 딸의 상속지분을 달리한 것은 살아계신 부모를 노후에 모시는 일과 부모가 돌아가신 뒤로는 제사를 모셔야 했기 때문이다. 그러나 이 제도는 1990년 민법개정으로 호주상속에서 호주승계로 바뀌게 되었다. 2005년 민법개정(안)이 국회를 통과함에 따라 호주제도 자체가 완전히 소멸하였다.

이때부터 부계 중심의 가족제도가 다양화되어 효(孝)를 중시하던 우리 고유의 풍속은 위기를 맞게 되었다. 우리 세대가 경험한 부모님은 '차남 이하 열 자식을 합해도 장남 하나만 못하다'는 믿음을 안고 살았다. 부모님 유산의 대부분은 장남의 몫이 되었으며 장남의 말이라면 동생들은 무조건 따라야 했다.

큰 며느리의 말은 그 집안의 내부규범이었고 당연히 장남이 부모와 조상님의 제사를 책임지고 모시는 것을 미풍양속으로 여겨왔다.

이러한 관습은 1970년대와 80년대를 넘어오면서 달라졌다. 경제발전과 산업화로 직장을 따라 인구가 도시로 집중되면서 형제 중에서 돈을 많이 벌었거나 권력을 잡은 사람이 나타나 가족 간에 발언권이 높아지게 되었다. 또한 부녀자들도 가정주부에서 벗어나 남자 못지않게 직장에 다니며 결재권을 쥐게 되었다. 2017년 기준 통계로는 여성 공무원 비율이 5할을 넘었다. 여성평등, 여성 우위 시대가 왔다. 앞에서 언급한 삼 형제는 '아버지를 모실 수 없다'는 아내의 강력한 저항을 이길 수 없게 되었다.

이런저런 사정으로 형제 셋은 의논 끝에 본인이 이길 확률이 가장 높다고 생각되는 운동으로 골프를 치기로 약속하였다. 그러나 골프에서 진 아들마저 '아버지를 우리 집에 모시자'는 말을 아내에게 꺼냈다가는 이혼당하거나 쫓겨날 처지가 분명하다. 오늘날 우리나라는 서양의 문물을 여과 없이 받아 들인지 반세기가 넘었다. 어른과 아이의 구별이 없어졌다. 효는 땅으로 추락하였으며 개인주의와 이기주의가 활개를 치고 있다.

이러한 시대를 살아가야만 하는 어르신들은 그동안 쌓아온 경륜을 십분 활용하여 양로원이나 요양원으로 갈 것인지 아니면 건강관리를 잘하여 자신의 집에서 여생을 보낼 것인지를 미리 결정해야 한다. 그리고 다음과 같이 '떨켜'를 준비해야 할 것이다.

첫째, 자신의 노후자금을 마련해두어야 한다.
아플 때나 위급할 때 자식들한테 손 벌리지 않고 써야 하니까.

둘째, 건강관리를 잘하여 아프지 않아야 한다.
아프면 살림이 거덜난다. 건강은 아프기 전에 예방하는 것이 상책이다. 맛있는 음식을 골고루 먹고, 매일 한 시간 이상 걷는다. 맨손 체조와 스트레칭을 꾸준히 하고, 공복에 따뜻한 물 한 두 잔은 꼭 마시며, 과식과 과음을 피한다. 마음을 비우고 화를 내지 말며, 몸과 마음이 편안하면 날마다 행복 친구가 찾아와 함께 놀아줄 것이다 셋째, 지금 내 재산은 세상을 떠나는 날까지 직접관리해야 한다.

보증, 펀드, 주식, 사기, 다단계, 보이스 피싱을 특히 조심해야 한다. '자식과 손자 사랑은 내리사랑'이다. 유산(동산, 부동산)을 물려줄 때는 다시 한 번 생각해 보고, 주고 난 다음은 절대로 주었다는 생각은 하지 말아야 한다. 주는 것 자체가 행복이지 대가를 받으려고 주면 도리어 병마가 찾아와 괴롭힌다. 내 능력대로 베풀면 되고 너무 과하면 오히려 독이 된다. 말과 행동으로 모범을 보이거나 알뜰살뜰 아옹다옹 선하고 검소하게 사는 지혜를 몸소 실천하는 것만으로도 훌륭한 유산이 될 수 있다.'

* 떨켜 : 낙엽이 질 무렵 잎자루와 가지가 붙은 곳에 생기는 특수한 세포층

손님맞이

창원시 동읍에는 철새 도래지로 유명한 주남저수지가 있다. 이 저수지는 산남, 주남, 동판 세 개로 이루어졌다. 약 900만㎡의 광활한 습지 호소이며 자연의 보고(寶庫)이다. 동판저수지 언저리에 무점이라는 작은 마을이 있다. 2018년에 접어들자 이장님과 마을 주민들이 무슨 큰잔치라도 벌이려는지 허둥거렸다.

허리는 세월의 누름돌을 이기지 못하여 구부렁하고, 서리가 내린 머리는 하얀 모자를 쓴 것 같은 어르신들이 먼동이 틀 때부터 땅거미가 내릴 때까지 둑길 섶에다 코스모스 씨를 뿌렸다. 모종을 옮겨 심고 물을 주느라 뜨거운 햇살에 구슬땀을 훔치며 손자 돌보듯 코스모스 길을 가꾸었다.

시집보낼 딸 같은 예쁜 코스모스를 애정 어린 눈으로 바라보며 날마다 마을회관에 모였다. 색동 옷가지를 만들어 각시허수에게 입히느라 날이 새는 것도 잊을 때가 있었다. 각시 허수가 외로울 것을 염려하여 신랑 허수, 양반 허수, 상놈 허수, 중년 커플 허수에게 옷가지를 만들어 입혔다. 덤으로 꼬마허수와 하객허수까지 만들어 세웠다.

둑마루에는 주민들을 대신하여 태극 모양의 바람개비가 환영군단이 되어 바쁘게 돌았다. 아이들이 놀러 와 아장아장 걷다

다리가 아프면 쉬어가도록 어린이 전용 의자도 만들었다. 청춘 남녀가 셀카에 사랑을 담아갈 수 있도록 촬영 의자도 마련하였다.

이장이 분주하게 쏘다니며 코스모스 군락지를 지정하여 주고, 틈새마다 유채꽃을 심어 '남편의 길' '아내의 길' '부부의 길' '애인의 길' '화목의 길'이라는 테마 길도 만들어 두었다. 잔칫날이 성큼 다가오자 애드벌룬을 높이 띄워 철새들에게 알리고, 현수막도 길목마다 걸어 텃새들에게 홍보하였다.

군데군데 임시주차장을 만들어 손님이 찾아오는데 불편이 없도록 준비하고 또 하였다. 손님이 지나가는 알짜배기 길목을 골라 이 마을의 특산품인 단감, 배, 호박, 연근과 각종 채소를 팔 수 있도록 부스도 충분히 마련하였다. 축제 소식을 제일 먼저 전해 들은 재두루미 가족이 시베리아에서 선발대로 날아오고, 가창오리, 노랑부리저어새, 고니 가족은 뒤처질세라 줄지어 날아왔다. 경남, 울산, 부산지역 매스컴의 카메라맨도 찾아왔다. 울긋불긋 화장한 코스모스와 고개를 숙인 채 자신을 한없이 낮추고 있는 벼를 멋지게 찍었다. 그들은 가을풍경을 시시각각으로 바람결에 날리느라 쉴 틈이 없었다.

이 아니 좋을 손가. 조상 대대로 물려받은 우리 마을 문전옥답, 버려두면 쑥대밭이 되고, 잘 가꾸고 손질하면 보배 중의 보배로다. 갓난아이는 엄마가 밀어주는 유모차를 타고, 청춘남녀는 하트를 팔짱 사이에 끼고 둑길을 걷는다. 가족끼리 오순도순 웃음꽃, 수백, 수천 관광 인파가 왁자지껄 물밀 듯이 몰려오니

둑길이 비좁다. 수줍어 나풀대는 코스모스 한 송이를 꺾어 귀에
꽂고 미소 지으며 가슴에 추억을 담는다. 둑길 바닥에 웅크리고
앉은 꼬마는 붉은 꽃잎을 떼어 이름 석 자 수놓고 엄마한테 글
씨 자랑을 한다. 커플마다 사랑을 한가득 담아가고 있다.

  국민 여러분.
  말로만 애국 애국하지 마이소.
  애국이 뭐 별거 있습니까?
  올가을 손님맞이 준비한
  '무점마을 이장님과 어르신들
  진정한 우리의 애국자 아인교.

  '제1회 무점마을 코스모스 축제'를 준비하느라 수고하신 이장
님과 마을 어르신께 진심으로 감사를 드린다.

톡 편지

우리가 어렸을 때 농촌에는 전화는 물론 전기도 들어오지 않았다. 그러니 인터넷이나 휴대폰은 상상도 하지 못했다. 멀리 떨어진 지역의 연락은 전보나 편지를 많이 이용하였다. 사춘기의 이성 간에도 편지를 이용했다. 연애편지가 소년 소녀들의 마음을 서로 연결하는 교량 역할을 하였다.

초등학교를 졸업하고 가정 형편이 어려워 머슴살이를 하던 진성이는 문학 분야에 남달리 소질이 있었다. 호남에 사는 소녀와 7년간에 걸쳐 펜팔을 하며 수백 통의 연애편지를 주고받았다. 결국 아가씨의 마음을 얻어 결혼의 폭죽을 터뜨리고 고향을 떠나 김해로 보금자리를 옮겼다. 그동안 갈고 닦은 손재주를 발판으로 목공을 하여 제법 반듯한 한옥도 한 채 마련했다. 아들딸 낳고 알콩달콩 행복을 누리며 여유로운 노후를 보내고 있다.

요즘 세상은 메일과 톡이 일상화되어 세상 어느 곳에 있더라도 통화가 가능한 글로벌시대를 살고 있다. 눈부신 통신수단 덕분에 마음이 맞는 친구끼리 톡 방을 만들거나 밴드를 개설하여 서로의 안부를 공유하기도 한다. 어제는 서울 친구 식이가 내가 꿈나라로 여행 간 사이 우정의 꽃을 한 송이 보내왔다.

친구야 잘 있나?

오늘 밤 집에서 혼술 한잔 하다가 술기운에 친구가 생각나서 안부를 묻는다. 이렇게 불쑥 안부를 물을 수 있는 친구가 있다는 게 얼마나 행복한지 모르겠다. 인생을 살다 보면 많이 배워서 잘난 척하는 사람, 학벌이 좋은 사람, 돈 많고 권력 있는 사람들은 금방 스쳐 가는 번갯불과 같다는 것을 알게 되었다. 모두가 다 부질없는 것이라고. 이제야 왜 자꾸 마음에 와닿는지…. 나 참.

우리에게 가장 중요한 것은 남녀를 떠나 마음 맞는 사람끼리 우정을 나눌 수 있는 그런 친구가 중요하다는 것을 새삼 느끼게 된다. 이 진실을 일찌감치 알았더라면 좀 더 나은 삶을 살지 않았을까 싶기도 하네. 술에 살짝 취해 지나가 버린 시절에 읽었던 책이나 여기저기서 보고 들은 것을 메모해 둔 손때 묻은 수첩을 뒤적거려 본다. 그 시절은 왜 그렇게도 생존을 위해 몸부림치며 살아온 자존심의 흔적만 남았는지…. 참으로 알 수 없네.

나의 철부지 시절을 지금에야 돌이켜 보는 것 자체가 감사할 뿐이다. 친구야! 편안한 친구끼리 다음에 만나 술 한잔하며 못다 한 이야기나 실컷 해보자.

너의 친구 식이가.

친구야!

무엇하나 내세울 것도 없는 부족한 나를 생각하고 안부를 물어준 자네가 너무너무 고맙다. 사실 나도 어제저녁 우리 가족과 함께 어선들이 끼룩끼룩 쏘다니는 바다가 한눈에 확 들어오는 횟집에 갔어. 아들이 맛있게 제조해 주는 소맥을 마시며 즐겁고 행복한 시간을 보냈지. 집에 돌아와 아홉 시 뉴스를 자장가 삼아 잠이 들었다.

어린 시절 소 먹이러 다니며 가재와 징거미를 잡아 구워 먹고, 철없이 뒹굴던 꿈을 꾸며…. 요즘은 한숨 자고 나면 초롱초롱해진 눈꺼풀을 다시 덮고 누워있으면 잡념이 헤엄치며 다니는 날이 자꾸만 늘어가는구나. 나이 탓이 아닌가 생각해 보네.

친구 말대로 지나간 내 청춘도 돌이켜보면 시험공부 한답시고 밤을 설치며 책과 씨름도 해보았지. 내가 아니면 사회가 멈출 것처럼 생각하고 이리 뛰고 저리 뛰어도 보았지, 손톱 달을 머리에 이고 출근도 해보고….

친구야! '인생은 두루마리 화장지와 같다'고 누군가 말하더라. 처음에는 조금씩 줄다가 절반을 넘기면 금방 없어져 버리는 두루마리 화장지 말이야. 우리 인생을 기가 막히게 비유하였다고 생각하네.

나도 이제 남은 인생을 설거지하고 정 많고 좋은 사람으로 발자취를 남긴 채 나래를 접으려고 한다네. 말을 많이 하다 보면 반드시 불필요한 말이 섞여 나오기 마련인데 앞으로는 '말을 많이 하기보다는 많이 듣고, 가슴으로 웃어주는 연습을 해나가야겠다'고 생각해 본다. 친구야! 우리 다음에 만나 술 한잔하며 못다 한 우정을 쌓아나가자. 항상 건강하고 행복하길 바란다.

너의 친구 영주가.

석등(石燈)

우리가 학교에 다닐 때 교실 벽마다 걸어두고 사용했던 '문교
칠판'과 '문교분필'은 김해의 한 중소기업에서 생산하는 교육자
재이다. 1984년 내가 '재김진농동문회' 총무를 맡고 있을 당시
동문회의 회장은 문교화학 대표 고 남정도 회장님이었다. 회장
님이 동문회 회장으로 부임한 이후 첫 사업은 동문들을 모임에
많이 참석시키자는 것이었다.

회장님은 항상 너털웃음을 웃으시며 "허허, 우리 총무가 동문
모임에 20명을 참석시키면 내가 20만 원을 협찬할 것이고, 50
명을 참석시키면 50만 원을 협찬할 터이니 동문들이 많이 모이
도록 연락을 좀 잘 해 봐요." 하시며 등을 다독거려주셨다.

나는 회장님보다 43회나 새까만 학교 후배였을 뿐만 아니라
고향도 같았기 때문에 친 자식처럼 아끼고 사랑해 주셨다. 동문
회 주관으로 1985년 여름 장유폭포로 소풍을 갔었다.

이날 모임에 참석한 동문이 70여 명이나 되었다. 회장님은 약
속대로 식대 전액을 협찬하였다. 이후 회장에서 물러날 때까지
1인 참석에 1만 원이라는 식대 협찬 약속을 한 번도 어긴 일이
없었다. 회장님이 앞장서서 열성을 보이니 참석하는 동문은 해
마다 늘어갔다. 모임 때마다 조금씩 모은 회비는 경조사와 불가

피하게 지출해야 할 경비를 제외하고는 차곡차곡 곳간에 쌓이면서 지역 동문회 발전에 크게 이바지하였다.

회장 취임 후 두 번째 사업은 '가정 형편이 어려운 모교 후배를 돕기 위한 장학금 조성'이었다. 장학금을 모으는 일은 총무가 맡기로 하였으므로 나는 회장님을 찾아가 "회장님부터 장학금 기부액을 정해 주셔야 동문들이 동참할 것 같습니다." 하고 말씀드리자 미리 생각해 두었던지 300만 원의 장학금을 협찬하시겠다며 모금장부 첫 줄에 금액을 적고 서명하였다. 나도 당시 형편이 어려웠지만 좋은 일에 봉사한다는 생각으로 두 번째 난에 금일봉을 적었다.

이렇게 출발한 장학금 모금 열차는 두 달간의 구부렁한 여정을 모두 마치고 목표역사에 도착하였을 때는 1,000만 원이라는 모금이 금고에 들어 있었다. 모금을 마감한 다음 정기모임에서 모교에 장학금 전달 일정을 논의하였다.

한 동문이 "이번에 모금한 장학금 전액을 모교에 모두 전달하지 말고 지역동문회 발전기금과 모교 장학금으로 반반씩 사용하면 좋겠어요." 참석한 동문들의 의견을 수렴하여 그 제안을 받아들이기로 하였다. 나는 총동문회에 연락하여 장학금 전달 일정을 협의한 다음 회장님과 모교 방문을 하는 것으로 의논하였다.

모교를 방문하는 날, 회장님의 승용차 뒷좌석에 나란히 앉자마자 새까만 세단은 신바람을 내며 고속도로를 달리기 시작하였다. 이날 회장님은 연보라색 바지저고리에 밤색 두루마기 차림이었다. 거기다 중절모를 쓴 멋쟁이 신사가 되어 얼굴에 웃음꽃이 가득 피었다.

회장님은 자신의 모교 입학 시절을 회고하셨다. 입학식에 참석해야 하는데 교복 마련할 돈이 없어 선배의 교복을 얻어 입고 참석하였던 추억의 보따리를 풀어놓으셨다.

"평소에 사랑하고 아끼는 후배와 모교에 장학금을 전달하러 가는 오늘이야말로 고희를 넘기며 살아온 내 인생에서 가장 감개무량하고 행복한 날이야. 내 뜻을 잘 알아서 챙겨주는 총무가 곁에 있어서 참으로 뿌듯하고 고맙소." 하시며 솥뚜껑 같은 큰 손으로 내 손을 붙잡고 다독거려주셨다.

회장님은 프랑스, 영국, 독일 등 유럽 여러 나라를 두루 다니며 문교화학이 개발한 파스텔과 석고제품 전시회를 열었다.

바이어들을 상대로 한 비즈니스 회의장에서 "나는 코리아의 조그마한 기업인으로 3대를 이어가며 파스텔과 석고제품을 생산하고 있습니다. 제 옆에 서 있는 이 청년이 제 손자입니다." 하고 소개하여 참석한 바이어들로부터 기립박수를 받았다고 하셨다.

"허허 나는 우리나라 중소기업을 글로벌 세상에 알리는 기업인이고 외화벌이를 하는 애국자야! 우리나라 중소기업이 유럽을 상대로 신뢰와 전문성을 알리는데 손자를 데리고 다니는 것이 효율적인 방법이더라."

자랑삼아 해 주시는 이야기에 믿음이 갔다. 회장님의 회사는 1987년 어방동 시대를 마감하고 한림면으로 이전하게 되었다.

나는 회사의 이전 일정에 맞추어 동문들의 뜻을 모았다. 회장님
께서 동문을 사랑하는 마음과 회사의 무궁한 발전을 기원하는
뜻을 새겨 동문회 명의로 '영원히 꺼지지 않는 석등(石燈)'을 회
사 정원에 세워드렸다.

남정도 회장님은
'재김해진농동문회'의 초석이어라
회장님이 모습을 드러내자
동문들이 구름처럼 모여들었네.

어려운 후배 위한 장학금을 모아
모교에 전달하러 가던 날
얼굴 가득 웃음꽃 피우시던 모습
아직도 눈가에 아롱거리네.

동문들의 뜻을 모아
영원히 꺼지지 않는 석등을 밝혀
회장님께서 창업하신 회사 정원에
세워드립니다.

창업주의 염원이
세세손손 이어지기를 소망하면서.

나의 친구들

오늘도
나는 기다린다.
친구들 만남의 날

까까머리, 단발머리로 서로 만나
흘러가 버린 여정
봄, 여름, 가을 그리고 겨울
오십여 차례 세월의 물레가 돌았구나.

지난해 봄
전도 친구네 식당에서 헤어진 후
햇살 열기 가득한 삼복더위 넘기고.
한 해의 무대를 접으려는 듯
자연의 화백이
산야마다 울긋불긋 덧칠하고 있네.

서울. 경기 선장은
길서기, 한워니, 성수리, 정나미

부산 양산 몸통은
마돌수, 귀주, 봉오기, 수여비, 영수니, 은수기, 연자, 증자,
남네, 정수니, 덕저미, 순여, 헤그미, 기혀니, 성하
주객 삼인방 태경이, 병피리, 행용이

진주, 하동 왼쪽 날개
홍눙이, 근수니, 태지나, 옥려니
창원 오른쪽 날개
영제, 주눙이, 제기, 행고니, 성시기

오늘 보스 친구가
"우째끼나 치매 걸리지 말고 살다 가자"는 메일 받고
가슴에 새겨진 친구 이름을
하나하나 불러 보았다.
마음씨 고운 행용이가 톡에 올린 '굿모닝 해피데이'
해와 바람, 산과 파도에게 물어 얻은
'인생살이 이정표' 같이
그저
그렇게 이름 없는 풀로 살다 떠나고 싶다.

오늘도
기다린다.

머리에 함박눈 이고 다니는 나의 친구들

수여비 친구가 멍석을 깔고
회장, 총무가 마련한 이벤트
11월 첫째 주말
그리운 친구들 모이는 날

먼지보다 작은 별에 함께 소풍을 와
친구라는 인연으로 동여맨
우리 친구들 아닌가.
시골에서 자라
유난히도 마음씨 곱고 정이 많은
나의 친구들

한시라도 바삐 만나
흘러가 버린 청춘의 노래
밤새워 불러 볼 그 날
손꼽아 기다린다.
그리운
나의 친구들

장보고 망루에서

　부산에서 직장을 다니던 마돌수 친구가 퇴직하고 진해로 이사
왔다. 창원에 눌러살던 영제, 순홍이와 우리 부부, 돌수까지 모
였다. 우리는 밀양 여물통으로, 산청 강변횟집으로 돌아다니며
평소에 먹어보지 못했던 소문난 음식도 맛보고 둘레길도 걸었
다. 흘러간 세월 동안 삶의 무게에 눌려 잠시 멈추었던 우정의
탑을 다시 쌓아가고 있었다.

　그러던 어느 날 남은 삶은 팔(8) 명이 팔십팔(88) 세까지 팔팔
(88)하게 소풍 가듯 살다 가자며 팔팔회(八八會)라는 이름을 지었
다. 한자 八八은 컴퓨터 자음 눈웃음(ᄽ)과 같았다. 초대 회장에
마돌수를 추대하고 모임은 두 달에 한 번, 월 회비는 없고 모임
때마다 추렴하기로 정했다.

　첫 행사는 영화 '서편제'의 촬영지 청산도를 다녀오기로 하였
다. 출발 전날 밤, 일찍 일어나야 한다는 강박감에 평소보다 일
찍 잠자리에 들었다. 긴장한 탓인지 새벽 2시경에 잠이 깨어 엎
치락뒤치락하다가 알림종이 깨우는 바람에 부랴부랴 옷을 챙겨
입었다.

　우리는 시청 앞 광장에 모여 완도행 관광버스에 올랐다. 버스
는 밤을 새우며 놀던 고속도로 위의 바람을 가르며 아홉 시를

넘겨 완도여객선 터미널에 도착하였다. 터미널에는 전국에서 모인 상춘인파로 북적였다. 우리는 인솔자의 깃발을 따라 대합실에 들어가 한참을 기다렸다.

"오전 아홉 시 출발 예정인 청산도행 여객선은 해무로 출항하지 못하고 대기 중입니다." 하고 터미널 여직원의 카랑카랑한 목소리가 흘러나왔다. 혹시나 하고 대합실에서 한 시간이 넘도록 기다려도 "청산도행 여객선은 해무로 출항하지 못하고 대기 중입니다." 하는 방송과 함께 "오늘 아홉 시 출항 예정이던 청산도행 여객선은 해무로 출항하지 못하고 환불 중입니다." 하는 안내방송이 또 나왔다.

우리 일행은 대합실에서 기다리자니 다리도 아프고 피곤하여 터미널 부근 공터에 나와 돗자리를 깔고 앉았다. 한 시간이 넘도록 기다리다가 점심부터 해결하기 위해 모 방송국 '6시의 내 고향'에서 맛집으로 소개되었다며 현수막까지 걸어둔 식당으로 들어갔다.

식당 안에는 우리와 같이 대기하던 상춘객이 꾸역꾸역 몰려와 진을 치고 있었다. 우리들은 빈자리를 찾아가 자리는 잡았으나 차례가 되려면 한참을 기다려야 했다. 할 수 없이 내가 먼저 자리에서 일어나 수저와 물병을 챙겨왔다.

이 고장의 명주 두 병을 들고 온 다음 도우미를 불러 대표 메뉴인 연포탕 8인분을 주문했다. "술안주 될 만한 것 있으면 좀 줄 수 있어요?" 했더니 피조개 조림과 갓김치를 가져다주었다.

회장이 잔 여덟 개를 일렬횡대로 세우고 술을 따랐다. 회원 모두가 술잔을 들자 회장이 건배 제의를 하였다.

"오늘 이곳 완도로 소풍 온 우리 팔팔회 친구들의 건강과 행복을 위하여!" 하고 선창하자 모두는 "위하여, 위하여, 위하여!" 하며 목소리를 높였다. 미소로 우정을 다짐하며 주~욱 잔을 비우고 박수를 쳤다.

다시 잔에 가득 명주를 붓고 마시며 술 네 병을 비우는 동안 김이 모락모락 오르는 연포탕이 들어왔다. 점심 식사를 하고 집결 장소에 다시 모였다.

인솔 대장은 "이번 청산도 소풍은 해무로 출항이 불가하므로 완도 국제 해조류 박람회와 장보고가 활약했던 청해진으로 계획을 변경하자."고 제안하였다.

우리는 모두 인솔자의 제안에 찬성표를 던졌다. 이렇게 하여 큰마음 먹고 나선 청산도 소풍은 배에 오르지도 못한 채 발길을 돌려야 했다.

며칠 전 세월호 침몰 3주기가 지나갔다. 해상 안전에 만전을 기하고 있는 현장을 몸소 체험하며 연무로 해상사고가 발생하는 것보다 안전을 우선시하는 정책에 믿음이 갔다.

여객선 터미널에서 해조류 박람회장까지는 셔틀버스를 운행하고 있었다. 주말이라 인파가 몰려 부스마다 수십 미터씩 줄지어 기다리고 있었기 때문에 일행은 몇 개 부스만 관람하고 김, 다시마, 미역 등 해조류를 한 아름씩 사 들고 버스로 돌아왔다.

다음으로 찾아간 곳은 장군도. 태풍 사라호가 스쳐 지나며 갯벌 옷을 벗기자 천이백 년 동안 잠자던 목책이 부스스 일어났다. 나라의 문화재연구소는 긴 잠에서 깨어난 보물들을 발굴하여 청해진의 본거지였던 망루와 성곽을 새로 복원하였다. 우리들은 해무가 몽실몽실 피어오르는 목교를 지났다. 어촌마을과 야산이 해무와 함께 어우러지며 그려놓은 동양화를 배경으로 연예인 포즈를 취해가며 추억을 가슴에 주워 담았다.

새로 복원한 망루에 올라가 해적 소탕을 진두지휘하는 장보고 대사의 뒷모습을 마음속으로 그렸다. 시공 열차를 타고 천이백 년 역사를 거슬러 올라갔다. 장보고의 어릴 때 이름은 궁복이었다. 궁복은 어려서부터 힘이 세고 무술이 뛰어났으며 당나라에 들어가 무령군 소장의 벼슬에 올랐다. 그러나 당나라 해적들이 신라 서해 연안을 침범, 백성을 납치하여 노예로 팔고 있다는 사실을 알고 분개하여 벼슬을 버리고 고국으로 돌아왔다. 흥덕왕을 알현하고 해적 소탕을 건의하자 왕은 그 당시 관직에도 없는 청해진 대사라는 직함까지 내리며 청해진 설치를 승인하였다.

장보고는 방을 붙여 수천수만 명의 지방 주민을 규합하여 성곽을 쌓고 수병을 훈련해 해적을 완전히 소탕하였다. 해상권을 장악한 장보고는 당나라와 일본을 잇는 삼각무역의 중계기지 역할까지 하며 수만이 넘는 군졸을 거느린 독자세력으로 급부상하게 되었다.

이 시기에 왕위 계승에 실패한 김우징 일파가 장보고에게 의탁해 옴으로써 청해진 하늘에는 먹구름이 일기 시작하였다. 중앙 조정에서 희강왕이 피살되고 민애왕이 즉위하는 일대 정변이 발생하자 김우징 일파는 장보고의 세력을 등에 업고 곧바로 경주로 진격했다.

김우징이 왕으로 즉위하였으나 3개월 만에 죽고, 그의 아들이 문성왕으로 즉위하였다. 장보고는 반란을 도와준 공으로 '감의 군사'라는 큰 벼슬에 올랐다. 세력을 얻게 되자 자신의 딸을 문성왕의 왕비로 삼게 하려다가 중앙조정과 군신들의 반대로 실패했다. 장보고는 조정에 불만을 품고 반란을 일으켰다. 이에 조정에서는 염장을 자객으로 보내 궁복의 목을 잘랐다. 서기 851년(문성왕 13)에는 장보고 세력의 뿌리까지 도려내기 위해 청해진을 없애고 이곳 주민을 벽골군(현재의 김제군)으로 강제 이주시켰다. 이때부터 청해진은 암흑의 역사 속으로 사라지고 말았다.

궁복의 초심은 애국심으로 불타고 있었으며 고국의 백성이 해적에게 납치되어 노비로 팔려가는 폐단을 없애고자 왕의 승낙을 받아 청해진을 축성하고 수병을 훈련해 해적을 소탕하였다. 일본과 당나라를 잇는 삼각무역으로 나라 경제발전에도 크게 이바지하였다. 그러나 왕위 계승에서 밀린 김우징 일파를 지원하여 '감의군사' 벼슬에까지 오르며 큰 세력을 등에 업자 초심을 잃고 사욕에 눈이 멀어 반란을 일으켰다가 조정에서 보낸 자객에게 목이 잘리는 참극을 당하고 무대 뒤로 사라졌다. '벼 이삭은 영글어 갈수록 머리를 숙이고, 큰일을 이루고자 할 때는 자신의 몸을 낮추고[下心] 초심(初心)을 잃지 말아야 한다'는 진리를 다시 새긴다.

홀인원

주말이면 만나 스크린골프를 하며 우정을 다독거리던 친구들이 있다. 2017년 가을에는 바다를 조망하며 공을 칠 수 있는 '경도엔 리조트'에서 운동을 하자고 마음을 하나로 묶었다. 이 골프장은 '2014년 우리나라 골프베스트 뉴 코스'로 선정될 만큼 경관이 아름다운 곳이다.

경도는 한반도의 삼천여 개가 넘는 섬 가운데 서울 경(京)을 사용하는 유일한 섬이다. 고려 공민왕의 후궁 여씨가 왕으로부터 "그곳을 도성(고려의 개경)이라 생각하고 살아라."는 어명을 받고 정착한 곳이다.

여수항에서 통통배로 5분 거리에 있는 이 섬에 골프코스를 조성하였다. 골프 하는 사람은 누구나 한 번쯤 가보고 싶은 곳이다. 시공(時空) 속에 푹 빠져 즐기던 한순간을 필설로 그려보았다.

공민왕의 후궁이 살았던 섬
왕은 혜안으로 망국의 앞날 내다보고
왕손 잉태시켜
한려수도 끝자락에 꼭꼭 숨겼다.

왕의 깊은 뜻 이심전심으로 알아차린 후궁
왕손을 잉태하고 여씨 성을 심어두니
염화의 미소로다
밤이면 임 향한 애절한 기도
손톱달이 내려다보고 용안에 전하네.

기도 터에 앉아있는 노송의 자태
자손번영 염원하는 후궁의 모습
인연과 은덕 심어 보존한 자손
왕의 혈통 고스란히 지켜냈구나.

서울 부산 창원 죽마고우 여덟 친구
구름 따라 바람 따라 모여든 뱃머리
그립고도 반가운 친구의 얼굴
눈가엔 웃음꽃이 곱게 피어오르고
오손도손 이야기 맛깔난 서대 무침
공깃밥 한 그릇 뚝딱 비우네.
섬 복판에 우뚝 솟은 마천루
앞쪽에서 보면 경복궁이요
뒤쪽에서 보면 클럽하우스더라

골프 디자이너 '맥레이키드'가
다도해상에 걸맞게 코스 잘도 그렸네.

바다 건너 날리는 아일랜드 홀
해안 따라치는 비치코스 홀

왕비가 기도하던 노송을 향해
홀인원 이글 버디 소원 빌고
티 박스에 올라 샷하고 바라보니
창공에 새 한 마리가 쏜살같이 날아가네.

돌산도 4번홀 티샷하는데
앞서가던 팀에서 들려오는 함성
'홀인원이다!' 날아온 메아리새
홀인원 주인공은
나의 사랑님

홀인원 증서 받고
와인도 한 병 받았다.
기념사진 찰깍 가슴에 남기고
'파이팅!' 건배 소리 기분이 찡하구나.
친구들 첫 나들이 홀인원 하였으니
건강대박 행복대박 이루어지리다.

리조트에서 차려준 만찬 큰상

싱싱한 활어와 이 고장 명주
술잔에 따라 주거니 받거니
행복 꽃이 몽실몽실 피어올랐네.
꿈인가 생시인가!
오늘은
지구별 한반도 소풍 온 이래
가장 행복하고 즐거운 날이어라.
잠은 자는 둥 마는 둥 일어나
다도해상 일출 광경 바라보니
쪽빛 바다 황금비늘 틈새로 솟는 불덩어리
오동도 돌산도 코스 두루 다니며
한 줄로 나란히 서서 티 샷 날리니
우정새 네 마리가 줄지어 날아가네.

버팅 소리 '탱~ 그랑 탱~ 그랑'
깃털 하늘 쪽빛 바다 가슴에 담고
이틀 동안 36홀 갯바람에 띄우고
온탕 속에 육신 담그니 피로가 쏴~악 가시네.

세속의 근심걱정 비우고 내리니
신선이 따로 있나 우리가 신선일세.
연락선에 한 몸 싣고 뭍에 오르니
식당마다 반기며 손님맞이 대목이라.

'선장횟집' 이름이 마음에 들어 찾아갔더니
인심 좋은 안주인이 일행을 반기네.
조리사가 추천한 이마 툭 튀어나온 돔
헤엄칠 양 반짝반짝 빛나는 활어
갖가지 솜씨로 멋 부린 남도요리
입속에서 사르르 감칠맛 나고
"오늘 점심은 내가 쏜다."
서울 사나이
우리 모두 큰 박수로 화답하였네.

앉은 자리에서 내년 나들이 일정을 잡아
폰 달력에 저장하고
아쉬움을 남긴 채 바람 따라 사라진
친구들의 그림자
길섶 민들레가 솜방망이 이고
멍 때리고 서 있구나.

나비의 신혼여행

금정산 소나무 군락 언저리
담쟁이 뒤덮인 웨딩홀 하나
쏟아지는 햇살 조명 아래
너울너울 춤추는 사랑 나비 한 쌍

녹음 우거진
노송(老松) 사이로
빙글빙글 사뿐사뿐
사랑 나비 한 쌍이 춤추고 있네.

햇살이 살포시 내려와
신부 화장 해 주고
제비꽃은 바위틈마다
향수 뿌려
앵두 빛으로 영그는 나비의 결혼식

소나무 꼭대기에 앉은 뻐꾹새
아래로 기우뚱 위로 기우뚱

가무단 지휘하고

온몸으로 부르는 축가
메아리가 하늘을 난다

신혼부부 가슴엔
요동치는 방망이 소리
앞서다 뒤서다
오르다 내려오네.

사뿐사뿐 너울너울
사랑 나비 춤사위
멋지고도 예쁘구나.

당나라 현종이 양귀비를 희롱하듯
조선의 이도령 춘향이를 애무하듯
소나무 숲 무대에서
사랑 나비 한 쌍이 춤추고 있네.

나비야
사랑 나비야

너희는 신혼여행

어느 나라에 가려느냐.

나비의 날갯짓 시바람 되어
골바람 높새바람 편서풍 일어나면
먹구름 비구름 데리고
한반도 상공 지나갈 때

가뭄으로 말라터진 논바닥마다
단비를 뿌려주고

목말라 애 타는
오천만 국민 가슴 가슴마다

사랑, 사랑, 사랑 비
흠뻑 흠뻑
뿌려주고 지나가 주렴

마라도

1985년 신작로에 빌붙어 살던 아스팔트가 억척스럽게 퍼 붙는 햇살을 더 이상 견디지 못하겠다며 열변을 토하던 정오 무렵. 가무잡잡한 얼굴에 눈망울이 초롱초롱한 중년 다섯이 낚시 가방을 메고 공항 대합실로 들어섰다. 탑승 수속을 마친 뒤 좌석에 앉아 숨을 돌렸다.

굉음 소리와 함께 활주로를 미끄러지듯 달리며 치솟은 비행기는 이륙한 지 한 시간도 채 안 되어 "우리 비행기는 제주 국제공항에 도착하였습니다." 안내방송을 뒤로 하고 일행은 비행기에서 내렸다.

마라도행 여객선 갑판 위에 올라가 태평양의 높새바람을 폐부에까지 깊이 들이마셨다. 조개껍질을 오목조목 엎어 놓은 것 같은 가파도 어촌마을 풍경에 눈이 흘려 있는 동안 일행을 태운 배는 마라도 선착장에 도착하였다.

한반도 최남단의 초병(哨兵)으로서 태평양에 떠 있는 섬. 날마다 얼굴을 비비며 지내는 주민 20여 세대가 삶의 나래를 펼치는 마라도이다. 이곳에는 키가 제일 큰 나무가 3m도 채 되지 않는 평원의 섬이다. 무인도 시절에는 원시림이 빽빽하게 우거져 있었고 뱀이 많았다. 이주민들이 숲을 개간하기 위해 원시림에 불을 지른 뒤 숲이 자취를 감추었다고 한다.

이 섬에는 양옥 같은 초등학교와 한옥 같은 교회가 다정하게 서 있다. 우리 일행은 챙겨 온 짐을 민박집에 맡기고 이장님의 안내로 섬에서 첫 번째로 손꼽는 참돔 포인트에 가서 각자의 자리를 틀었다.

이날은 마침 사리 기간인 데다 물때까지 맞으니 낚시 운이 꽤 좋았다. 밀물은 간조에서 만조로 바닷물이 높아지는 해수의 이동이 하루에 두 번씩 일어난다. 이때가 되면 먼 바다로 나갔던 고기떼가 바닷물의 이동에 따라 육지를 향해 몰려오기 때문에 낚시를 할 수 있는 절호의 기회인 셈이다.

준비해 간 미끼통을 열었다. 톱밥 속에서 아직도 꿈틀거리는 새우를 낚싯바늘에 끼워 휙~하고 바다로 던졌다. 재빠르게 미끼만 따 먹는 녀석들이 있었다. 알고 보니 용치놀래기 떼가 물속에 몰려다니며 장난을 치는 것이었다. 다시 소라고둥을 잘라 미끼를 교체해 보았으나 아무런 소용이 없었다.

낚시경험이 많은 친구를 찾아가 보니 어디에서 정보를 듣고 구해왔는지 싱싱한 전복을 미끼로 사용하고 있었다.

"역시 몸값이 높은 참돔을 잡기 위해서는 값비싼 전복을 미끼로 써야 하는구나!" 하는 생각에 전복 두 마리를 얻어 반 토막씩 자른 뒤 바늘에 끼웠다.

다시 휙~ 던져 포인트에 넣었다. 전복으로 위장한 낚싯바늘이 참돔을 찾으려고 바다 깊숙한 곳까지 잠수한 지 얼마 되지 않았다. '짤랑짤랑'하는 방울 소리가 요동치며 낚싯대 중간 부분이 휘면서 검푸른 바닷속으로 빨려 들어가는 것이 아닌가.

"왔구나, 왔어!" 하고 흥분을 감추지 못하고 소리를 지르자 옆에서 낚시채비를 하던 친구가 뜰채를 들고 달려왔다.

나는 릴을 힘껏 감았다가 풀어주며 대어를 건져 올려야 할 시기를 조절하고 있었다. 물린 대어가 힘이 빠져가는 손맛을 느끼면서 서서히, 한편으로는 침착하게 줄을 당겨가며 감았다 풀기를 반복하였다. 돔 중의 돔, 아름답고 도도한 바다의 여왕이 발끝 아래에 와서 물결 위로 솟았다가 다시 물속으로 들어갔다. 친구의 도움으로 뜰채에 여왕을 살며시 떠서 육지로 올렸다. 여왕의 목에 걸려있는 바늘을 집게로 쏙 뽑아준 뒤 입맞춤을 하였다.

아! 아름다운 용궁의 여왕! 쌍꺼풀 눈 두둑을 보라색 아이라인으로 화장하고 눈망울은 진주처럼 반짝였다. 우리는 마라도 해변에 땅거미가 내릴 때까지 참돔 여덟 마리를 건져 올려 민박집으로 돌아왔다.

그동안 각자가 익힌 요리 솜씨를 선보이기로 하였다. 대원 중의 한 친구는 능숙한 회칼 솜씨를 선보였다. 쟁반에 생선회를 떠서 담는 손놀림이 신들린 무당 같았다. 회칼이 춤을 추며 여러 단계의 품새를 거치자 쟁반에 누운 고귀한 바다의 여왕은 금방이라도 살아 헤엄을 칠 것 같았다. 꽃처럼 발그레한 몸매에 두 눈은 아직도 살아 깜박거렸다.

아! 마라도에서 만난 소주와 생선회의 멋진 궁합. 입속으로 들어가면 사르르 녹아 흔적도 없이 사라졌다. 술은 술대로 술술 잘도 넘어가고 "우리 모두의 건강과 행복을 위하여!" 하는 건배 소리가 마라도 하늘로 멀리 날아갔다.

한여름 밤 손톱달이 자정을 향해 노를 저어가는 동안 용궁의 여덟 여왕은 모두 사라졌다. 이어 부글부글 끓은 매운탕이 들어왔다. 싱싱한 참돔 머리와 뼈를 푹 삶고 대파와 배초향(방아) 잎을 썰어 넣었다. 땡초와 마늘을 다져 넣고, 왕소금으로 간을 맞추었다. 이 맛 또한 죽여주는 거라. 건배가 다시 시작되는가 싶더니 날 새는 줄도 모르고 부어라 마셔라 신선이 따로 없었다.

다음 날도 또 그다음 날도, 태평양의 변방을 지키는 파도가 마라도를 향해 밀려왔다. 빙빙 순찰을 한 다음 다시 바다로 돌아가는 반환점, 참돔 포인트에 나란히 앉아 바다의 여왕을 맞이하였다. 썰어놓은 생선회를 안주 삼아 소맥을 제조하여 마시고⋯. 무아의 경지를 들락날락하며 전화도 안 되는 마라도 궁전에서 4박 5일 동안 맥주 세 상자와 소주 다섯 상자를 날려 보냈다. 일행은 5일 동안 단 한 번도 수염을 깎지 않았다. 마당쇠 수염을 기르고 태양에 그을려 구공탄으로 변한 새카만 얼굴에 치아만 하얗게 반짝거리고 있었다.

그렇게 건강하고 씩씩하며 당당했던 낚시꾼 일행은 고독의 도가지에 마라도를 홀로 남겨둔 채 모슬포항 터미널을 빠져나왔다. 사랑하는 가족의 품으로 돌아가기 위해 김해공항으로 출발했다.

어즈버
그립고도 그리워라.

태평양 햇살이 융단폭격하던 마라도 해안
낚싯대 드리우며
즐거웠던 나날들
내 일생에
이토록 즐거웠던 날도 있었던가.

어즈버
뭐가 그토록 바빴는지.
어찌하여 저 홀로 먼저 북망산에 갔는지
먼저 떠나버린 친구
마라도에서 함께 즐기던 친구들
화선지에 소풍 그림을 그린다.

먼지보다도 작은 별
마라도에서
가장 멋지고 신나게 내 청춘이 놀았었구나.

한여름 밤
나 홀로 옥상에 누워
은하의 이불을 덮은 채
즐겁고 행복했던
지난 추억을 어루만지고 있네.

벽소령 다람쥐

한 사무실에서 같이 근무하는 신한 형은 나보다 열다섯 해를 먼저 태어났다. 그가 지리산 종주를 한번 하자며 계속 졸랐다. 이런저런 핑계를 둘러대 보았지만 '지리산 종주가 평생의 소원'이라며 애걸복걸하는 데는 더 이상 처방할 약이 없었다.

그러던 어느 날 회식 자리에서 만난 두 사람은 일정을 잡고 지리산 종주를 하기로 약속하였다. 1989년 10월 버스가 뿌연 먼지를 날리며 비포장도로를 달린 끝에 화엄사 입구에 도착했을 때는 이미 노을이 서산마루를 오렌지색으로 덧칠하고 있었다.

버스에서 내리자 늙은 기와집과 초막이 옹기종기 마을을 이루고 있었다. 막차 도착 시간에 맞추어 부녀자들이 손님 마중을 나와 기다리고 있었다. 마음씨가 착해 보이는 이모가 얼굴에 박꽃 같은 웃음을 활짝 지으며 우리를 민박집으로 안내했다.

손님을 맞이하려고 방을 깨끗이 청소해 두었다는 미닫이창이 달린 방을 하나 얻었다. 배낭을 부리고 코펠과 버너로 저녁 식사를 지어 먹고 일찌감치 잠을 청했다. 한 번도 경험해 보지 못한 명산 종주 생각에 가슴이 벌렁거리며 잠이 오지 않았다. 온돌방 바닥을 이리 뒹굴고 저리 뒹굴다가 잠깐 꿈속에 빠졌는가 싶었는데 새벽 4시를 알리는 알람 소리가 귀를 두드렸다.

둘은 약속이나 한 것처럼 벌떡 일어나 한 짐이나 되는 장비와 부식을 챙겨 짊어졌다. 어둠이 깔린 새벽공기를 마시며 노고단을 향해 발길을 옮겼다. 개울물 소리와 지저귀는 새소리를 구령 삼아, 울긋불긋 비단옷을 입고 맞이하는 숲길을 따라 걸었다. 먼 길이라 걷다가 쉬기를 반복하며 출발한 지 세 시간 만에 노고단 정상에 도착할 수 있었다.

둘은 자연이 만들어 놓은 반석에 앉아 오이와 단감을 깎아 먹으며 허기진 배를 채웠다. 잠깐 휴식을 취한 다음 천왕봉을 향해 다시 걷기 시작하였다. 토끼봉을 넘고 반야봉을 지나 형제봉을 올랐다.

세석 산장을 바라보며 걷다가 노고단을 향해 우리와 반대 방향에서 오는 등산객과 마주치면 "반갑습니다. 수고하십니다."를 연발하며 걸었다. 울긋불긋 수놓은 산야와 머리카락을 흔들며 반기는 억새를 벗 삼아 낙타능선을 어슬렁어슬렁 걷고 있었다.

벽소령 오르막길 걸망을 짊어지고
한 발짝 한 발짝을 오르고 있는데
삼신할미가 보낸 다람쥐 한 마리
앞장서 뛰어가며
숲속의 구부렁길 안내해주는구나.

앞장서 가다가 뒤돌아보고
우리가 안 보이면 앉아서 기다리고

가까이 다가가면

다시 뛰다 뒤돌아보고

우리가 안 보이면 두 손 모아 좌선하고

가까이 다가가면 다시 또 뛰어가고

우리가 안 보이면 앉아서 합장하고

우리의 안전 등산 기원하고 있네.

민족의 영산에서

사진작가로 변신한 신한 형

이름 모를 야생화 매혹에 한 컷 날리고

다도해상 덮은 조개구름 한 바구니 주워 담고

기암괴석 고사목 아름아름 쓸어 담고 있네.

놓칠까 봐 이정표 향해 찰칵 누르고

화폭마다 가득가득 추억을 담고 있네.

이럭저럭 고사목 지대를 지나가는데 우리 민족의 아픈 흔적 한 토막이 문득 가슴을 스쳐 지나간다. 다도해상 노을이 일몰을 연출할 무렵 둘은 장터목 야영장에 도착했다.

장터목에서 하룻밤을 묵기로 하고 어깨가 빠지도록 지고 온 하얀 쌀을 맹물로 헹구어 코펠에 안쳤다. 밥물 양의 조절은 손등 계측기로 어림잡아 하고 뚜껑을 닫아 버너에 올렸다. 성냥을 켜서 불을 붙이고 고산지대라 밥이 설익지 않도록 납작한 돌로 눌러놓았다.

서울, 부산, 대구, 광주에서 온 팔도 등산객 이웃들과도 금방 사귀어 도란도란 이야기꽃을 피웠다. 그들의 대화에 맞장구치고 있는데 어느새 코펠에서 픽픽거리며 수증기가 용오름을 했다. 쌀밥 냄새가 산등성이를 빙빙 돌았다.

　장터목
　칠흑의 밤하늘
　북두칠성 남두칠성 카시오피아
　그리고
　장엄한 은하의 바다가
　우주의 신비를 속삭이고 있다.
　먼동이 틀 무렵
　발끝 아래는 운무가 넘실거리고
　신선들이 사는 세상을 연출하는데
　화상 둘이 구름 위를
　걸어가고 있구나.

　드디어 3일간의 여정 뒷자락에 해발 1,915m 천왕봉 정상이다. 지리산 상투격인 표석, 앞면에는 '천왕봉' 뒷면에는 '한국인의 기상 여기서 시작되다'가 새겨진 이름표를 달고 있었다.
　표석을 향해 두 손을 모으고 '천지신명이시여! 이 산을 찾는 모든 사람들의 소원이 이루어지게 해주시고, 남북한이 평화통일을 이루어 나라가 부강하고 백성이 편안하게 살 수 있도록 늘

보살펴 주시옵소서!' 하고 기도를 올렸다. 이 표석은 우리에게도 소소한 틈을 할애하여 기념사진의 배경이 되어 주었다.

대원사 방면으로 가는 하산 길, 혹시 늦을까 염려한 나머지 발길을 동당거리며 중봉을 지나 계곡을 향해 숨 돌릴 틈 없이 달음박질쳤다. 햇살은 산등성 뒤로 숨은 지 오래되었고 칠흑이 코앞으로 다가와 있었다.

둘은 손전등을 켜서 들고 터덜터덜 대원사 입구에 쪼그리고 있는 오두막집을 찾아가 주인아주머니에게 "하룻밤 묵고 가도 되느냐?"고 여쭈었더니 오늘 마침 "진주로 유학 간 아들 방이 하나 비어있어요."라며 안내하였다.

"고맙고 감사합니다."며 인사드리고 미숫가루로 시장기를 때우고 비로소 녹초가 된 몸을 방에 누일 수 있었다.

다음날 둘은 진주와 마산을 거쳐 김해로 가는 시외버스에 나란히 앉았다. 눈을 지그시 감은 채 벽소령 다람쥐와 즐거웠던 소풍 얘기를 하는 사이 김해에 도착하였다.

이번 산행은 신한 형의 평생소원을 해결해 드리고 덤으로 지리산 종주 이력 한 줄을 썼다. '도랑 치고 가재 잡은' 성취감과 함께 자신감을 가슴에 새긴 멋진 산행이었다.

강원도래유

10월은 봉급쟁이들이 손꼽아 기다리는 황금연휴의 달이다. 2017년 10월에는 특별히 강원도로 소풍을 떠나기로 친구와 약속하였다. 메모지에 소풍에 필요한 목록을 적어놓고 틈나는 대로 하나씩 챙기다 보니 어느덧 출발할 날이 다가와 있었다.

우리가 탄 차량은 내비게이션이 시키는 대로 가르마 타듯 바람을 가르며 달렸다. 몇 개월 전에 개통했다는 해운대-포항 간 고속도로에 진입하자 길이 텅 비어 신나게 달렸다.

포항 시가지를 벗어나 국도에 이르자 연휴 차량이 한꺼번에 쏟아지며 정체가 극심했다. 강구항에는 정오를 넘겨서야 겨우 도착할 수 있었다. 우리는 '대게궁' 건물 벽에 치장한 입체 모형 대게가 멋지게 보여 모델 삼아 인정 샷을 날렸다.

오래간만에 강구에 왔기 때문에 기분이 들떠 있었다. 대게가 턱없이 비싸지 않으면 코스요리를 한번 먹어보려고 종업원에게 값을 물어보았다. 코스요리는 "1인당 최저 10만 원은 넘어야 맛볼 수 있어요."라고 했다. 할 수 없이 경비를 절약할 것인가 아니면 통 크게 코스요리를 맛볼 것인가를 의논했다. 대게궁보다 저렴하게 먹을 수 있는 대게시장으로 가자는 데 의견을 모았다.

영덕군에서 설치한 공영주차장은 외부 차량도 편리하게 주차

할 수 있는 시설이었다. 대게시장 안으로 들어서자 매장마다 이모들이 손짓을 하며 자기네 가게로 오라고 호객행위를 하고 있었다. 우리는 몇몇 가게에 들어가 킬로그램 당 가격을 저울질해보고 박달대게 4㎏을 사들고 4층 요리 전문식당으로 올라갔다.

백여 명이 넘게 앉아 먹을 수 있는 큰 식당에는 먼저 온 손님들이 순서를 기다리고 있었다. 우리는 가져간 대게를 요리사에게 맡기고 번호표를 받아 기다리고 있었다.

잠시 후 스팀으로 쪄서 김이 모락모락 오르는 대게를 먹음직스럽게 손질하여 쟁반에 가득 담아왔다. 우리는 핀으로 속살을 뽑아 먹으며 대게에서 물씬 풍기는 심해의 향을 들이켰다. 맛있게 먹은 뒤 대게 뚜껑 비빔밥도 밥알 하나 남기지 않고 긁어먹었다.

대게궁 코스요리의 절반에도 못 미치는 가격으로 대게를 실컷 먹을 수 있었다. 그러나 마음 한구석에는 대게의 다양한 요리를 맛보려고 하면 전문 요리점에서 한 번쯤 먹어보는 것도 좋지 않았나 하는 아쉬움이 남아있었다. 명품요리는 가격에 비례하여 서비스 정도의 차이가 있다는 것을 경험으로 알고 있기 때문이다.

다음으로 찾아간 곳은 강구에서 자동차로 5분 거리에 있는 삼사해상공원이었다. 더없이 넓고 푸른 바다에는 잔잔한 파도가 뭍을 향해 들어왔다 나갔다 하며 한가롭게 놀고 있었다. 하늘한 귀퉁이에서는 어선을 닮은 구름 한 조각이 그물을 내리며 세월을 낚고 있었다. 이 공원에는 얼마 전 제막하였다는 29톤이 넘는 청동범종이 있었다. 우리는 종각 앞에서 선글라스를 끼고 잔뜩 멋을 부린 다음 스쳐 지나는 아줌마의 수고로움으로 추억 한 컷을 잡아 두었다.

다시 동해안을 따라가다가 망향휴게소에 들어갔다. 휴게소에는 나들이 나온 탐방객들이 북적이고 있었다. 우리들은 간식과 돗자리를 들고 고부랑길을 따라 해변으로 내려가 백사장 귀퉁이에 자리를 잡았다. 폐부까지 스며오는 갯냄새를 마시며 바위에 부딪혀 물보라를 일으키는 파랑이의 소꿉놀이를 멍 때리며 바라보았다. 자연과 하나가 되어 불그스레 익은 사과를 깎아 한입 우지직 씹으니 새콤달콤한 향기가 입속에서 이리저리 돌아다녔다.

다음으로 찾아간 곳은 울진 성류굴이었다. 절벽과 조화를 이룬 오솔길을 따라 동굴 안으로 들어갔다. 2억 5천만 년을 자란 석순과 만나 흘러간 청춘을 이야기하고 절벽과 강을 배경으로 가슴 한쪽에 추억의 그림을 그려두었다.

첫날밤은 강릉시청 부근에 숙소를 정하고 주인에게 물었다.

"시청 부근에서 맛집으로 소문난 식당이 있어요?"

"춘천 닭갈빗집이 별미로 좋을 것 같아요."

소개해 준 식당에서는 양배추와 감자, 당근과 양념을 무지개 색깔로 버무린 닭갈비가 나왔다. 커다란 냄비에서 보글보글 끓으며 김이 모락모락 나자 냄새가 후각을 꼬드겼다. 냄새만으로 술 생각이 절로 났다.

한때 젊음을 불태웠던 군복무 시절 사귀던 강원도의 애인 경월이가 생각났다. 오해하지 마시라. 경월은 강원 지역에서 생산 판매하는 소주 이름이니까. 사장님에게 그녀의 안부를 물었다.

"경월 아가씨는 '처음처럼'에게 시집가고 없어요."

할 수 없이 처음처럼이라는 소주 두 병을 주문하여 술잔을 부딪치며 사방거리와 풍산리 포진지에서 전우들과 생사고락을 같이했던 군복무 이야기보따리를 펼쳤다. 닭갈비 냄새를 타고 이야기는 그때로 돌아가 그칠 새가 없었다. 술잔을 들고 부딪치면 비우고 또 잔을 채우면 술은 또 술술 넘어가고…, 한 사람당 한 병씩 소주를 비우는 사이 저녁 식사를 마쳤다.

강원도는 2018년 평창동계올림픽 준비로 도로와 강과 공원, 숙박시설 등 인프라가 업그레이드되어 있었다. 우리가 군복무 하던 시절보다 비약적으로 발전해가는 모습을 보며 국민의 한사람으로서 긍지와 자부심을 느꼈다.

다음날 오전, 경포대로 가는 길목 강릉−양양간 고속도로변 소나무 군락은 정승 아들을 길러낸 신사임당의 얼이 배어 있었다. 위풍당당한 선비의 자존심이 세계 중심의 코리아로 인정받은 것 같았다. 평창 동계올림픽이 나라의 위상을 세계만방에 알려 줄 것이 아닌가.

다음으로 찾아간 곳은 흘러간 신라 천 년의 숨결이 고스란히 남아있는 낙산사 홍련암이었다. 이 암자의 화재 현장을 텔레비전으로 보며 불자의 한 사람으로 안타까운 마음이 배어 있었다. 홍련암이 소실된 뒤 아직 복원 소식을 듣지 못했다. 이제야 암자를 둘러보니 관세음보살님의 서원으로 옛 모습에 한 치의 어굿남 없이 복원되어 있었다. 그동안 종사 스님과 대중의 은덕으로 다가올 천년을 대비하여 상구보리 하화중생의 가피도량으로 탈바꿈한 감회가 새로웠다.

우리는 경포대 호반에서 4인승 자전거를 빌려 물안개가 자욱한 조각작품을 배경으로 수채화를 가슴에 그렸다. 앞좌석은 낭군이, 뒷좌석은 각시가 나란히 앉아 함박꽃을 피우며 신나게 페달을 밟았다. 한 바퀴 돌아 본 호반은 싱그럽고 행복한 추억의 파노라마로 변하여 눈에 아른거렸다.

다음으로 찾은 곳은 추암이었다. 물밀 듯이 모이는 인파를 헤집고 겨우 정상에 올라갔다. 바라보는 위치에 따라 느낌 따로, 표정 따로였다. 자연이 다듬어 놓은 촛대바위의 기묘한 표정은 너무나 멋지고 아름다웠다.

다음으로 찾은 곳은 친구가 소방관으로 근무하였다는 산소도시 태백시의 전통시장이었다. 시장은 탄광산업의 전성기였던 70년대와는 달리 한산하였다. 우리는 돼지머리 수육 한 접시와 내장국밥을 주문하여 술잔을 기울였다. 친구가 이곳에서 연하의 아가씨와 연애편지를 주고받으며 연인 사이에서 결혼에 이르기까지 달콤한 러브스토리를 들려주었다. 탄광촌이 북적거리던 시절 숨겨두었던 뒷마당의 묵은김치 같은 이야기를 한 통씩 받아 챙기고 청춘도, 인생도 생로병사의 연자방아를 보듬지 않으면 안 된다는 진리를 가슴에 새기고 있었다.

백두대간의 중심에 해발 1,357m의 두타산이 떡하니 자리 잡고 앉아 있다. 사랑님과 둘이서 정상에 올랐던 기억이 문득 새록새록 살아났다. 두타산과 청옥산의 품속에서 무릉계곡이 잉태하였다. 얼마나 계곡이 아름다웠던지 1977년 국민관광지 1호로 지정하였다. 이것만으로는 아무래도 부족하다며 2008년도에 명승지 37호로 추가 지정하였다. 입소문대로 무릉도원이라는 이름에 한 치도 어긋나지 않은 아름다운 계곡이었다. 매표소에서 용추폭포로 오르다 보면 기암괴석과 반석, 쌍폭포로 유명한 학소대가 기이한 모습을 하고 있다. 감탄사가 절로 터져 나왔다.

동해 시내에서 둘째 날 밤을 보내고, 다음으로는 조선왕조 6대 단종임금이 유배생활을 하였다는 영월군 청령포를 찾아갔다. 세종대왕의 장손도 조정의 권력다툼에서 밀려나면 지켜줄 사람 하나 없다 하니 권력의 무상함을 되새김질하며 단종임금이 잠들어 있는 장릉으로 올라갔다.

능소를 향해 참배를 드리며 임금님의 명복을 비는데 가슴에서 뜨거운 감정이 솟구치며 눈물을 울컥 삼키지 않을 수 없었다. 능소 주변에 나열한 구부렁한 곰솔들도 우리의 마음을 알고 있다는 듯 장릉을 향해 스산한 바람 소리가 귓전을 지나고 있었다.

소풍 셋째 날은 영월읍에서 온돌방 두 칸을 얻어 편안하게 휴식을 취하였다. 다음날 동이 트기 전에 일어나 산촌 도시의 골목골목을 산책하며 자연과 사람이 하나로 살아가는 아름다운 시골풍경을 추억 주머니에 주워 담았다.

검색창에서 알아두었던 물바람버섯농장에 전화하여 "실례합니다만 아침 식사 준비가 되겠습니까?" 하고 문의하였더니 "아직 문 여는 시간은 이르지만 식사 준비는 해 드리겠습니다." 하고 친절하게 응대해 주었다.

갖가지 종류의 버섯을 넣고 양념장을 곁들인 버섯요리는 강원도의 으뜸 요리였다. 이 농장은 전국의 식객들에게 널리 알려져 연간 수천 명의 관광객이 찾는다고 한다. 영월군의 농가소득과 일자리 창출은 물론 관광 홍보까지 두루 겸하고 있었다. 공기 신선하고, 산 좋으며, 물 맑은 백두대간에서 생산하여 말린 표고버섯 몇 봉지를 기념품으로 준비하였다.

하행 길에 단양 소백산 기슭에 기도 도량을 마련한 대한불교 천태종 본산 구인사를 찾아갔다. 상월 원각 스님이 1945년 칡덩굴을 엮어 암자를 지었다는 이곳에는 수백 채가 넘는 사찰 건물이 계곡과 조화를 이루며 옹기종기 모여 있었다.

목조사찰은 아니지만 한옥의 아름다운 곡선미를 살리려고 애쓴 흔적들이 곳곳에 남아 있었다. 선사의 깨우친 한 생각이 한 세기를 넘기도 전에 계곡 일대를 천지개벽하였다. 구인사 입구에 대중을 위하여 만들어 놓은 팔각정에는 두 쌍의 사랑 새가 앉아 이번 '강원도래유~' 소풍을 마무리하는 담소 꽃송이를 들고 조잘거리고 있었다.

부관페리호

가까우면서도 먼 나라, 우리의 역사에 수많은 영향을 주고받았던 나라가 일본이다. 성석이 친구가 "부산~시모노세키를 운항하는 여객선으로 온천여행을 다녀왔는데 가성비가 좋아 한번 다녀올 만하다."고 소개하였다.

"여행경비는 대략 얼마면 되느냐?"고 물었다.

"주중에 출발하면 1인당 30만 원이면 충분하다."고 했다.

앞은자리에서 영제와 성하, 우리 부부는 2018년 1월 3박 4일 일정으로 온천여행을 다녀오기로 하고 여행사에 예약을 하였다.

규슈는 일본 열도의 남서쪽에 있으며 수많은 섬으로 이루어진 곳이다. 후쿠오카, 사가, 나가사키, 오이타, 구마모토, 미야자키, 가고시마 같은 도시를 품고 있다. 이번 여행은 규슈의 관문인 후쿠오카를 중심으로 돌아보는 일정이었다.

우리가 이용할 여객선은 16,000톤급 부관페리호로 승객 500명을 태울 수 있는 규모가 큰 배였다. 1969년 우리나라와 일본이 합작으로 설립한 최초의 카페리로 우리 배는 '성희호'이고 일본 배는 '하마유호'이다.

우리는 갑판 위로 올라가 남항대교와 용두산공원, 해운대 신도시의 야경을 추억 주머니에 담고 대욕탕에 들어가 반신욕도 했다. 준비해 간 술과 간식을 먹고 마시며 이야기는 코흘리개 시절로 거슬러 올라갔다. 성하와 영제의 감칠 맛 나는 성장기 시절 드라마 두 편을 들으며 얼굴마다 웃음꽃을 피웠다. 우리는 그동안 크루즈 여행을 하지 못했다. 이번 소풍을 통하여 서로 마음 맞는 친구끼리 정을 나누며 먹고 마시고 즐기며 추억과 우정을 쌓게 되었다.

여객선이 출항하던 날 밤, 현해탄의 파고는 5m 내외였다. 바람이 선체를 살랑살랑 흔들어주었기 때문에 요람에 누워있는 기분이었다. 잠자리가 바뀌니 아무리 눈을 감고 기다려도 잠이 오지 않았다.

시모노세키항에서 입국심사를 마치고 나가니 관광버스가 마중 나와 있었다. 둘째 날, 첫 일정은 '오우텐 만구'라는 학문의 신을 모시는 신사였다. 경내에 있는 포장마차에서 서툰 일본어와 손짓으로 크로켓을 하나씩 사 먹으며 신사를 관람하였다.

다음으로 찾은 곳은 유다 온천마을이었다. 골목과 개울 구석구석 담배꽁초 휴지 하나 찾아볼 수 없었다. 온천관리소에서 홍보용으로 운영하는 족욕체험장에 빙 둘러앉아 발을 담갔다. 이어 야마구치의 명소 루리코지 5층탑으로 이동하였다. 이 탑은 일본 고대 씨족인 오우치가의 최고 걸작이라고 가이드가 소개하였다. 영역 흔적을 핸드폰에 새겨두었다.

다음으로 찾아간 곳은 일본 최대 카르스트 지역인 석회암 고원이었다. 많은 석회암들이 지면에서 솟아올라 바위 숲을 이루고 있었다. 이 고원의 발아래는 동양에서 최대라고 자랑하는 종유동굴이 있었다. 동굴 길이 10㎞, 실내 온도 17℃로 여름은 시원하고 겨울은 따뜻하여 많은 관광객이 찾는다고 한다. 이 동굴에서는 안전모를 쓰지 않아도 자유롭게 다닐 수 있도록 보도와 내부가 잘 정비되어 있었다.

버스를 타고 다니며 여러 곳을 관람하고 마지막으로 도착한 숙소는 시모노세키호텔이었다. 우리는 호텔에 있는 천연욕장과 노천탕에서 온천을 했다. 그동안 스트레스로 뭉친 육체의 피로를 한꺼번에 날려 보내고 소풍 둘째 날의 날개를 접었다.

여행사에서 자랑삼아 소개한 시모노세키 온천시설은 우리나라 중급시설에 불과했다. 우리는 이왕에 비용을 주고 온 김에 저녁에 이어 아침에도 온천욕을 하며 우정의 탑을 쌓아나갔다.

이 호텔의 뷔페 메뉴는 우리나라와 비슷하였다. 계란요리, 초밥, 야채와 과일, 샐러드를 골고루 맛보며 든든하게 챙겨 먹었다. 기타큐슈의 고쿠라성 관람을 하러 갔으나 성곽 보수로 성내에는 들어가지 못했다. 성 외곽부만 둘러본 뒤 해변에 차려놓은 가리토 초밥시장으로 가기로 했다.

시장으로 가면서 가이드는 1인당 10엔씩을 나누어주며 "초밥 식사 체험을 해보세요."라고 했다. 포장마차 주변에는 많은 사람들이 야외 의자나 산책로 주변에 앉아 초밥을 먹고 있었다.

우리는 시장을 한 바퀴 둘러보았다. 성하는 정종을 사러 가고 부인들은 초밥을 사러 인파 속으로 흩어졌다. 영제와 나는 식탁을 준비하기 위해 두리번거리던 중 상가 입구에 빈 생선 상자가 쌓여 있는 것을 보게 되었다. 깨끗한 상자 몇 개를 골라 포개어 6인용 식탁과 의자를 즉석에서 만들었다.

부인들이 사 온 싱싱한 초밥과 왕새우 튀김, 생선 국물을 곁들여 성하가 사온 정종을 따라 마셨다. 술잔을 몇 순배 돌리니 얼굴마다 취기가 거나하게 피어올랐다. 기분은 바지랑대로 떠받치는 것 같아 최고조에 올랐다. 이번 소풍의 하이라이트이며 기쁜 마음의 깃발을 정상에 꽂았다.

여행 3일째 오후 일본의 관문이자 최초의 무역항이었던 모지항으로 갔다. 바나나가 처음 들어온 것을 기념하기 위해 만든 모형을 배경으로 인정 샷을 날렸다. 역사 속에 담긴 건물과 현대 건물이 어우러진 관광미항으로 탈바꿈을 시도하고 있는 규슈 지방. 휴지 하나 꽁초 하나 찾아볼 수 없는 깨끗한 시가지가 생각났다.

'일본의 국력이 국민성을 바탕으로 나오는 것이 아닐까?'

부산과 규슈를 오고 가는 부관페리호
가슴마다 꿈과 애환 싣고 다닌 지
몇 해던가.
직장 다니는 남편 홀로 남겨둔 채
아들딸 손 잡고 소풍을 가고
칠순 넘긴 노부부 황혼여행 떠나네.

6 · 25동란 때 임시수도 항구도시

깔끔하고 산뜻한 부산국제여객터미널
바다 한가운데 우뚝 서 있네.

영도, 감천, 아미, 범일동 판자촌
피난민의 설움 살짝 뒤로 감추고
피땀 흘려 고생한 끝자락
북항대교, 광안대교, 해운대 신도시

빌딩숲 항도야경 불야성이 따로 없고
세계 속의 으뜸 미항
일류 항구로 탈바꿈하였네.

세계 7대 경제대국, 열강의 중심국가
평화통일 향해 힘찬 걸음 내딛는 자유 대한민국
한반도의 밝은 미래 태양처럼 솟으니

강대국 틈바구니에서
반만년 역사상 가장 위대한 업적을 남긴
자랑스러운 코리안.
해외여행 가시거든
좋은 것은 가슴에 새겨오고
나쁜 것은 거울삼아 삼가하는 우리 문화
다듬어 갑시다.

준법질서 깨끗한 환경
안전하고 행복한 녹색의 한반도
우리 모두 마음먹기 아니던가.

부산과 규슈를 오가는 부관 페리호
현해탄의 푸른 물살 가르고

출렁이는 쪽빛바다
오륙도의 파랑 파랑이 친구
사랑 사랑가 부르고

갈매기 떼 한가로이
자갈치 하늘을 맴돌고 있네.

카파도키아

1981년 7월 김해로 삶의 터전을 옮겼다. 이곳에서 사귀게 된 친구들이 '늘 푸르고 젊게 살자'며 '상록회(常綠會)'라는 모임을 만들었다. 그들과 좋은 일이나 궂은일이 있을 때마다 한 식구처럼 서로 의지하며 지내왔다.

이 모임을 시작한 지 세월의 바퀴가 서른 번을 넘게 돌자 해외 여행을 한번 다녀오자는 소망의 화산이 분출하기 시작하였다. 그러나 여행 지역을 정하는 데는 가고 싶은 여행지가 서로 달라 진통을 겪지 않을 수 없었다.

몇 차례나 토론한 끝에 한 회원이 좋은 곳을 제시했다.

"동양과 서양의 문명을 한눈에 볼 수 있고, 실크로드의 길목에서 대자연의 경이로움을 만끽할 수 있는 나라, 2002년 월드컵 4강전에서 우리나라와 맞붙은 형제의 나라 터키 어때요."

만장일치로 확정지었다. 특히 이번 터키 여행은 모임 때마다 한두 푼씩 모아둔 경비 외에 협찬금도 있었다. 회원 중에 새로운 사업을 시도하다 실패하여 한순간에 낭떠러지로 떨어져 죽을 고비를 넘긴 끝에 다시 사업을 크게 일으켜 세운 분이 있다. 성공한 박재영 사장이 거금을 기탁한 덕분에 큰 부담 없이 다녀올 수 있었다. 고맙고 감사하다는 회원들의 마음을 이 글을 통해 다시 한번 전해드리고 싶다. 정작 박 사장 부부는 개인 사정으로 이번 여행에 동행하지 못했다.

이번 여행을 출발하기 전 문헌을 통하여 터기에 관한 자료를 꼼꼼히 준비하였다. 터키는 우리나라와 6시간의 시차가 있고, 인구는 8천만, 수도는 '앙카라'이다. 언어는 대부분 터키어를 사용하지만 아랍어와 쿠르드어가 소수지역에서 통용되고 있다.

국토 면적은 한반도의 4배, 거의 모든 터키인은 이슬람교를 믿으며 수니파가 지배하는 무슬림(이슬람교 신도)의 나라다.

일행을 태운 비행기는 인천국제공항 활주로에서 날개를 펴며 굉음을 지르더니 눈 깜짝할 사이에 구름 위를 날기 시작하였다. 비행기는 대기압의 높낮이에 따라 얼음 위를 미끄러지듯 날기도 하고, 갑자기 벼랑 아래로 떨어지며 간담을 써늘하게 만들기도 하였다.

실크로드 상공을 지날 때는 비포장도로를 털털거리며 험난한 비행을 한 끝에 이륙한 지 11시간 만에 "우리 비행기는 터키 이스탄불공항에 도착하였습니다."라는 안내방송이 흘러나왔다. 우리는 공항에서 가방을 찾아 마중을 나와 있던 현지 가이드의 안내로 호텔에 들어갔다.

터키 관광의 첫 일정은 '카파도키아'였다. 머무는 호텔에서 버스로 이동하면 열 시간 정도가 걸리고, 국내선 비행기를 이용하면 한 시간 정도 걸리는 곳이었다.

우리는 미리 비행기편으로 일정을 잡아두었기 때문에 침대에 누운 채 모닝콜 소리를 듣고 여유롭게 일어났다. 뷔페식당에서 터키 특유의 향과 맛이 깃들어 있는 통밀빵과 케밥을 먹으며 지나온 세월에 숨겨두었던 이야기도 나누며 여행을 즐겼다.

카파도키아는 실크로드의 거점 도시로 동서 문명의 융합을 거머쥔 대상(大商)들이 활약했던 교역의 현장이다. 1세기 초 기독교 형성기에는 로마제국의 탄압을 피해 많은 그리스도 교인들이 정착한 곳으로 알려져 있다. 이주한 교인들이 땅굴을 파고 만든 지하 도시가 아직도 30여 군데나 남아 있고, 현재까지 200여 개의 동굴이 잘 보전돼 있다.

지하 도시의 규모는 지하 8층에 깊이는 약 70m이다. 동굴 속에는 교회와 교실, 방과 식당, 창고가 있고 시설을 연결하는 통로가 있다. 상층에는 통풍구와 물탱크 같은 생활에 필요한 시설을 만들어두고 말을 키워 단백질을 보충하였다고 한다.

또한, 로마 병정들이 은신 중인 자신들을 체포하려고 오면 외부로부터 방어할 수 있도록 입구에 거대한 바위를 움직여 차단하는 방어시설을 해 두었다.

기독교인들은 신앙심으로 똘똘 뭉쳐 로마제국의 탄압을 이겨낸 수많은 전설과 동굴 구석구석에 묻어있는 힘겨웠던 삶의 현장을 몸소 체험했다. 이동하던 중 오찬을 위해 찾은 곳은 동굴식당이었다. 실내는 어두컴컴하였지만 내부시설은 깨끗하고 시원하였다.

동굴식당의 오찬 메뉴는 터키의 주식인 통밀빵과 치즈, 케밥과 과일이었다. 우리는 와인 한 병을 시켜 마시며 즐거운 한때를 보냈다.

다음으로 찾아간 곳은 '파묵칼레'다. 투어버스의 퀴퀴한 냄새를 맡으며 좌석에 앉자 경상도 사투리를 유창하게 하는 가이드가 자신의 고향이 대구라고 소개했다. 터키의 고고학자 못지않은 해박한 지식과 언변술로 역사와 문화, 지리, 종교 등 모든 분야에 걸쳐 눈빛 레이저를 쏘며 열변을 토하는 바람에 눈을 차창 밖으로 돌릴 틈이 없었다.

'히에라폴리스'는 기원전 2세기경에 온천수를 이용하여 질병 치료와 휴양을 목적으로 '파묵칼레' 언덕에 건설한 도시이다. 한때 피부병과 심장병 치료에 효과가 있다는 입소문이 퍼지면서 그리스 로마 지역의 많은 인파가 몰려와 문전성시를 이루었다. 파묵칼레 온천은 자연이 만들어낸 35℃의 초록빛 온천수가 해발 100m의 지표에서 솟아 쉴 새 없이 콸콸 흘러내린다. 우리는 온천수가 끊임없이 흘러내리는 노천탕 둑에 걸터앉아 김이 모락모락 올라오는 온천물에 발을 담구고 아이스크림을 먹으며 즐겁고 행복한 한 때를 보냈다.

'셀수스 도서관'은 집정관이었던 '셀수스 폴레마이누스'의 아들이 아버지의 업적을 기리기 위하여 무덤 위에 도서관을 지었다. 이 도서관은 개관 당시 15,000여 권의 장서를 보관하였으며 고대 3대 도서관으로 명성을 날렸다. 도서관 정면 벽에는 지혜, 덕성, 학문, 지식을 상징하는 네 개의 여신상이 조각되어 대리석 거리에서 가장 아름다운 고대 건축물이자 에페소의 상징 건축물이다.

도서관 건너편에는 '세계최초의 광고대리석'이 버티고 있다.

본래 에페소는 항구도시였으나 그동안 퇴적작용으로 바다가 육지에서 밀려나가고 지금은 해안에서 5㎞를 들어온 내륙지역이 되었다. 무역항 시절 셀수스 도서관 건너편은 마도로스가 붐비는 홍등가(紅燈街)였는데 오랫동안 항해에 지친 바다의 사나이들이 항구에 닻을 내려 주린 욕정을 채울 수 있는 곳으로 유명해지자 한 업주가 세계최초의 광고를 대리석에 조각했다고 한다.

우리나라의 홍대 앞이나 명동거리같이 붐비던 대리석 거리는 세월의 파도에 부딪히고 망가져 볼품없이 변하였고 잡초가 무성하게 자라고 있었다. 번창하던 역사는 수레바퀴를 타고 돌고 돌아 여러 세기가 순식간에 흔적도 없이 사라졌다. 글로벌시대가 바람결에 날아와 수많은 나라에서 몰려온 여행객들이 '셀카'를 들고 추억을 주워 담고 있었다.

우리는 땅거미가 내려올 무렵 '포스포루스' 해협을 조망하기 위해 유람선을 타고 선상 관광을 하였다. 이 해협은 흑해와 마르마라해를 잇고 한쪽은 아시아로 또 다른 한쪽은 유럽으로 이스탄불을 갈라놓았다.

동양도 아닌 것이 서양도 아닌 것이 동양과 서양의 풍물을 비빔밥으로 멋들어지게 버무려 놓은 곳이다. 해협의 좁은 곳은 섬진강보다 좁고, 넓은 곳은 남해바다 같았다. 양쪽 해안에는 고대 유적지와 아름다운 자연경관이 붉은 노을의 눈부신 조명을 받으며 평화롭고 아름다운 파라다이스를 연출하고 있었다.

죽마고우

초등학교를 졸업하고 세월의 물레가 쉰하고 한 번을 돌고 돈 뒤에야 죽마고우 스물셋이 일본여행을 갔다.

설레는 동심(童心) 몰래 감추니
콩닥콩닥 고동 소리 가슴을 친다.
일곱 빛깔 무지개 옷 입고
하늬바람 순풍을 기다리는구나.

2018. 11. 08
손에 손에 여행가방 달달 들들
죽마고우 스물셋이
김해 국제공항에 모이네.
멀리 잔내 농사꾼 용수 친구
중하쌍 대목수 검강이 친구
방성지 살았던 정서이 친구
고향땅 지킴이 세영이 친구
부산 창원 진해 길섶에 사는 죽마고우들
하얀 눈송이 가득 이고 모이는구나.

구슬치기 딱지치기 까까머리들
줄넘기 오자미놀이 단발머리들
코흘리개 손수건 앞가슴에 달았던
새록새록 추억이 눈에 어리네.
매화 장미 국화 아기 동백 피었다 시든지
쉰하고 한 번이나 지나갔구나.

오만 색깔 물든 단풍 모습으로
얼굴에는 인생훈장 주저리주저리 매달고
친구들의 눈에 비친 내 모습
내 눈에 비친 친구들의 모습
둘이 아닌 하나로 겹치고
개구쟁이 회오리바람에 빨려 들어가네.
하늘 높이 날아가는 저 기러기 떼
남친 여친 조잘대며 출국심사 기다리고
죽마고우 스물셋이 비행접시 타고
싱글벙글 우쭐대며 일본여행 떠나네.

여정 첫날
지옥온천마을 가락국수 한 그릇에 끼니 때우고
폰카, 셀카 추억의 꽃 한 바구니 담았네.
물안개 모락모락 노천탕에 육신 담그니

선녀가 놀다간 온천이라 자랑이 깔렸네.
온천마을 곳곳에 피어나는 저 연기
아궁이에 밥 짓던 고향마을 굴뚝이구나.
호텔에서 차려준 스시 만찬 한 상
시집 장가갈 때나 받아보는 개다리 상
맛깔나게 먹으며 으스대어 보았네.

둘째 날
다다미방에 기모노 입고 게다도 끌며
왜인들의 족발 체험해 보았지.
왜인들이 보여준 무언의 가르침
일본열도 어딜 가도
꽁초 하나 휴지 하나 보이지 않는 청결한 거리
종일토록 다녀도 경적 소리 없더라.
검소하고, 친절한 일본의 국민성
우리도 한 수 배워 가슴마다 새기고
발가벗고 들어간 온천탕
동심으로 돌아간 친구 얼굴 바라보며
굽이굽이 흘러간 세월에 매달린 정겨운 이야기
미소 짓고 들으며 맞장구친다.

마지막 날
면세점과 아울렛 쇼핑

사랑님 아들딸 며느리 사위 귀염둥이 선물
고르고 보는 재미 여행의 감칠맛

삼일 동안 떠난 소풍
삼일 동안 새긴 아름다운 추억
삼일 동안 되돌아간 동심의 세계

때로는 힘겹게 때로는 보람차게 걸어왔던
인생길 육십여 년
되새김질 해보며…
바람에 구름 흩어지듯
햇살에 이슬 사라지듯
가슴으로 흐르는 눈물 담아 둘
옹달샘 하나 파놓고

못내 헤어지기 아쉬워
두 손 서로 붙잡고 흔들며
아쉬움을 달랜다.

죽마고우와 같이 다녀온 소풍
친구의 행복이 곧 나의 행복임을
가슴으로 배운다.

맛기행

2011년에도 소한 대한의 맹추위가 어김없이 찾아왔다. 추위를 이겨낸 목련이 하얀 속살을 드러내기 시작할 무렵이었다. 열아홉 꽃다운 나이에 시집가서 얼음장사와 식당을 하신 누님. 자식 뒷바라지 한답시고 부산에서 마산으로, 서울로, 원주로 옮기며 고생보따리를 이고 다니다가 세월의 무게를 이기지 못하고, 고질병을 얻어 양산에 내려와 요양 중이던, 영남이 누님이 세상을 떠났다는 부고를 받았다.

가슴에서 울컥하고 치솟는 감정 덩어리를 억누르며 장례식장을 찾았다. 누님이 곱게 화장하고 세상을 떠나는 마지막 길을 배웅하고 돌아왔다. 목구멍에까지 차오르는 생업의 파랑에 허우적거리는 동안 사계의 연자방아가 한 바퀴 돌았다. 이글대는 열기가 여름이 왔음을 알리고 있었다.

별들이 유난히 빛나던 날밤 남산공원 안락의자에 누워 '전생에 내가 살았던 별은 어디쯤 있을까?' 하고 눈을 부라리며 은하의 물결 속에 잠겨 있었다. 그때 형님이 핸드폰을 통해 나를 불렀다.

"동생, 잘 있나. 집안은 별고 없고? 우리 남매가 하나, 둘 세상을 떠나는 것을 보니 이제 내 차례가 다 되어 가는가 싶다. 우리 남매가 한 살이라도 젊을 때 맛기행이나 한번 다녀왔으면 하는데 동생 생각은 어때?" 하는 것이 아닌가.

"형님 참 좋은 생각입니다. 제가 먼저 주선해야 했는데 형님보다 한발 늦었네요. 곧바로 연락하여 추진해 보겠습니다." 하고 전화를 끊었다.

내친김에 누님들에게 연락하여 5남매가 3박 4일 여행 일정을 잡았다. 큰 누님이 시집살이하던 지리산 자락에 새로 지은 암자에서 숙박하며 경상도와 전라도의 명소관람과 맛기행을 하자고 제안하였다.

이렇게 성사된 맛기행을 떠나는 첫날, 남매는 준비한 수박과 간식을 아이스박스에 담아 싣고 '보물섬'이라는 캐릭터를 펄럭이며 급부상하는 남해를 향해 시동을 걸었다. 한 시간가량 지나자 바다 한가운데 떡 버티고 서 있는 삼천포 창선대교가 시야에 들어왔다. 쪽빛 바다가 고기잡이배와 어우러진 크고 작은 섬. 절경을 구경하며 남매는 행복 속을 날아가고 있었다.

대대로 일궈온 가천 다랑이 두렁길을 걸으며 기암괴석을 배경으로 추억의 꽃을 한 다발 꺾어 사진에 담았다. 울긋불긋한 양옥 차림으로 반기는 독일마을을 찾아가 거품이 철철 넘치는 맥주를 마시며 덤으로 독일 소시지도 맛보았다.

6·25 전쟁 이후 보릿고개를 넘는 동안 수많은 사람들이 피땀을 흘렸다. 낯선 이국땅에 파견되어 이방인의 피고름을 닦으며 고생한 간호사와 지하 수백 미터 탄광 속에서 막노동을 한 광부의 피눈물도 섞여 있다. 이들을 담보로 받은 서독차관을 종잣돈

삼아 세계 7대 무역 강국 자유 대한민국을 건설할 수 있었다는 사실을 절대 잊어서는 안 된다.

우리는 바다를 한눈에 바라보는 꼬불꼬불한 일주도로를 달음박질하다가 조망이 좋은 팔각정 주차장에 차를 세웠다. 짠 냄새가 물씬 풍기는 팔각정에 올라가 바닷바람으로 온몸을 마사지하였다. 남매는 삶의 걸망을 지고 힘겹게 걸어오면서 가슴 한구석에 묻어둔 한 맺힌 보따리를 하나씩 풀어놓았다. 한참 동안 웃고 즐기다가 준비해간 수박을 반으로 쪼개 반쪽은 마을 어르신들에게 드리고 나머지는 우리가 나누어 먹으니 달콤한 수박 냄새가 콧속으로 들어왔다.

다음으로 찾아간 곳은 성웅 이순신 장군의 장엄한 숨결이 서려 있는 이락사와 '싸움이 바야흐로 급하니 삼가 내가 죽었다는 사실을 말하지 말라'는 명언을 남기고 전사한 노량해전 전망대를 찾아갔다. 우리는 경내에 모셔둔 장군의 영정 앞에 참배했다. 『난중일기』에서 장군은 고질적인 당파싸움과 청나라 장수의 무리한 요구가 있을 때마다 험난한 현실을 백의종군하며 올곧은 애국심 하나로 버텼다. 왜구의 침략으로부터 쓰러져가는 나라를 구한 우국충절의 가르침을 본받아야겠다.

진교에 사는 작은고모님을 찾아갔다. 고모님은 때마침 홀로 집에 계시다가 친정 조카들이 한꺼번에 우르르 몰려가자 어찌나 반가웠던지 맨발로 뛰어나오며 눈물을 글썽였다. 조카들을 하나씩 껴안아 보고, 손을 잡으며 반기는 인정 많으신 고모님을 향해 큰절을 올렸다.

"맛있는 반찬이나 한번 사서 드세요."

남매마다 용돈을 손에 쥐어드린 뒤 고모님 댁을 나왔다.

땅거미가 내려올 무렵 암자에 도착하자 주지 스님과 처사님이 입구까지 마중 나와 가족을 대하듯 맞아주었다.

석계암은 주지 스님의 부친인 처사님이 지리산 삼신봉 아래 청암면과 악양면을 넘나드는 고라니길 언저리에 도량을 마련하고, 그동안 쌓아온 다양한 기술을 주춧돌 삼아 수년에 걸쳐 불사를 완성하였다.

암자의 1층은 요사채 겸 신도 숙소로 꾸몄다. 2층은 법당이고 앞마당은 법회를 열 수 있도록 잔디와 야생화를 심어 불국토 정원을 꾸몄다. 법당 뒤 아담한 자리를 골라 사리탑을 모셨다. 처사님과 나는 학교와 직장의 선후배 사이로 인연의 매듭이 있었기 때문에 창건 이래로 초파일이면 가족과 함께 이 암자를 다녀오곤 했다.

그날 밤 우리 남매는 신도용 방 2칸을 얻었다. 저녁 공양을 마치고 형님과 나란히 누운 이부자리에서 스르르 꿈속으로 들어가면서 '여기가 바로 적멸보궁이구나.' 하는 생각이 났다.

다음날 새벽, 몸도 마음도 한결 맑아지고 날아갈 듯 가벼웠다. 스님의 독경과 목탁 소리는 방음이 너무 잘 되어 듣지 못하고, 날이 훤해서야 일어나 계곡물이 철철 흐르는 개울에 내려가 세수를 했다. 두 손을 모아 육각수를 떠서 오장육부를 씻은 다음 법당에 들어갔다.

"오늘 하루도 이 좋은 세상을 건강하고 행복하게 다닐 수 있도록 베풀어 주신 부처님의 자비에 감사드립니다." 하고 기도를 올리며 삼배를 했다. 남매가 나란히 걷는 산책길에는 산까치 떼가 하늘로 솟구치다가 곤두박질하며 곡예비행으로 반겨주었다.

맛기행 둘째 날, 눈부신 발전을 거듭하고 있는 광양항과 광양제철소를 지나 불일암을 찾아갔다. 기암괴석으로 둘러싸인 산과 바다가 조화를 이룬 곳에 자리한 이 암자는 자연이 빚어낸 걸작이요 일출 명소이다.

우리는 도량에서 으뜸가는 경관과 돌산대교 일대 한려수도를 배경으로 추억을 핸드폰에 담고 오동도 동백숲길을 걸으며 신나고 멋진 하루를 보내고 암자로 돌아왔다.

맛기행 셋째 날, 진교에 있는 방아섬에서 한식 요리를 맛보기로 하였다. 이 섬은 십여 년 전까지만 해도 무인도였다. 지금 이곳에 사는 부부가 사업을 하다 얻은 지병을 치료하기 위해 섬에 들어온 뒤, 현지에서 자란 채소와 해물을 요리해 먹으며 지병이 완치되었다. 건강을 회복하고 지인들을 초대하여 자연밥상을 접대하다 보니 입소문이 세상으로 퍼져나가게 되었다.

우리는 처사님의 소개로 오찬 한 끼를 예약하였다. 정성스레 차려준 한식 요리를 맛보고 해변을 거닐며 바다를 배경으로 추억을 사진에 담았다.

맛기행 마지막 날, 처사님이 소개해 준 청학동 장뇌삼 백숙을 맛보러 갔다. 식당 안에 그려놓은 메뉴를 보고 '백숙이 일반 식당보다 턱없이 비싸구나.' 하고 생각했다. 사장님이 장뇌삼으로 빚은 술을 항아리에 담아다주시며 "술값은 받지 않을 테니 드실

만큼 드셔도 됩니다." 하는 인정에 반하고 말았다.

지리산 자락에서 캐 말린 다섯 가지 산채를 쟁반에 소복하게 담아 볶은 깨소금까지 뿌려주는 사모님의 손맛에 또 반했다. 부부의 정성어린 이야기와 서비스에 감동하여 백숙이 비싸다는 생각은 아침 햇살에 이슬 녹듯 사라졌다.

"잘 먹었습니다.""고맙습니다. 감사합니다." 하는 인사를 연발하며 식당을 나왔다. 이 식당의 사장님은 창원에 있는 유서 깊은 큰절에서 스님으로 계시다가 절간 일을 돕던 보살님과 눈이 맞아 사랑에 빠졌다고 한다.

스님은 '이것도 부처님의 원력으로 맺어진 인연이다.' 하는 생각에 사찰을 빠져나와 사복으로 갈아입고 이곳에 터전을 마련한 지 사계절의 수레가 20여 차례나 돌았다. 야산에 피어나는 이름 모를 꽃처럼 세속 사람들과 부대끼며 살아가는 파계승과 보살님은 동화 속에서나 만나볼 수 있는 참사랑의 주인공이다. 그들의 남은 생이 편안하고 행복하기를 빌어본다.

청학 계곡에 죽 늘어진 때죽나무 가지마다 수없이 많은 별꽃이 진한 향기를 뿜어내고 있었다. 남매는 꽃그늘 아래 앉아 눈이 시리도록 맑은 물에 발을 담그고 도란도란 이야기꽃을 피웠다. 이때만큼은 청학을 타고 이곳에 날아와 노닐었다는 신선이나 다를 바 없다고 생각했다.

씨오쟁이

채찍비가 우두둑 우두둑 장단을 맞추며 고샅길에 쌓인 송홧가루를 몰아내고 있었다. 나긋나긋한 몸을 달래기 위해 팔베개를 하고 눕자 사르르 꿈속으로 빠져들었다.

아버지께서 하얀 바지저고리에 밤색 조끼를 단정히 입으시고 사랑방에 홀로 앉아 호리병 모양의 공예품을 만들고 계셨다. 허리춤에는 송곳과 단도를 차고 가느다란 새끼 씨줄에 날줄을 넣었다 빼기를 반복하며 촘촘하게 엮은 다음 허리춤에 묶어 잡아당겼다.

"아버지, 지금 뭘 만들고 계시는데요?"

"씨오쟁이를 만들고 있단다."

"씨오쟁이가 뭔데요?"

"농가에서 귀중한 씨앗을 종자로 사용할 때까지 안전하게 보관하는 가재도구란다."

나는 호기심이 나서 다시 물었다.

"그럼 지금 만드는 씨오쟁이는 어디에 쓰려고 만드십니까?"

"너한테 씨앗을 담아 주려고…"

아버지의 말씀이 막 끝나려고 하는데 "저녁밥이 다 되었어요. 식사하러 오이소." 하고 사랑님이 부르는 소리에 꿈에서 빠져나왔다.

씨오쟁이는 농부에게 생명과도 같은 귀중한 씨앗을 보관하던 가재도구이다. 통풍과 습도 조절이 잘되어야 씨앗을 튼튼하게 오래 보관할 수 있다. 선조들의 오랜 경험을 토대로 고안된 농가의 보물단지다. 철마다 거두어들인 곡식 중에서 알맹이가 충실한 씨앗을 엄선하여 씨오쟁이에 담고 주둥아리를 틀어막아 통풍이 잘되는 고방에 매달아 보관하였다.

씨오쟁이에 담은 씨앗은 양식이 떨어지는 고난이 닥치더라도 없는 셈 치고 아껴두었다.

'아! 꿈속 아버지께서 나에게 주려고 만드신 씨오쟁이는 세상 사람들에게 전해줄 건강과 행복과 화목의 희망(씨앗)을 담는 보물단지로구나.'

나는 또래 친구들보다 여러모로 부족하고 병치레가 잦은 늦사리라는 점을 자신이 잘 알고 있다. 발가벗은 몸으로 세상에 태어났을 때 아버지는 마흔한 살, 어머니는 마흔네 살이었다. 경제적으로 능력을 상실해가는 부모님 슬하에서 자랐다.

정이월 높새바람이 불어올 때면 목에서 그르렁 그르렁 고양이 소리가 났다. 어머니는 삼동이면 마른 호박 덩굴을 토막토막 자르고, 도라지와 감초를 함께 넣어 솥에 삶은 물을 약사발에 담아 주셨다. 그러면 나는 마시기 싫다며 어리광을 부리곤 하였다. 나중에는 사탕을 준다고 꼬드겨 마시게 하였다.

나는 어린 나이에 날마다 아궁이가 먹어치우는 땔감을 해야만 했다. 소에게 먹일 풀을 베려고 산으로 들로 쏘다녀야만 했고,

농사철이면 모내기와 보리타작하는 어른들의 바지랑대 역할까지 하였다. 작은형님이 운영하는 이발소에 땔감을 해주는 댓가로 받은 등록금을 내며 어렵사리 중학교를 졸업했다. 부산으로 내려가 술 배달과 얼음 배달도 해보았다.

이후 의식주 걱정 없는 직업군인이 되고자 육군3사관학교 후보생 모집에 응시하였다. 장교의 꿈을 펼치고자 하였으나 신체결함으로 퇴교라는 낭떠러지에서 추락하였다. 그래도 이를 악물고 기어올랐다.

군복무를 마친 뒤에는 대학 등록일까지 남은 기간에 한 푼이라도 학비를 벌어보려고 할부 책장사도 해보았다. 이후 공무원 공채시험에 합격하여 면사무소, 군청, 시청, 도청에도 다녀보았다. 공직생활을 마감한 뒤로는 건설회사의 전무로, 엔지니어링 회사의 부사장으로 일했다.

'본인의 노력과 의지에 따라 한 생애를 건강하고 행복하고 화목하게 살아갈 수 있지 않을까?'

진인사대천명(盡人事待天命)이라는 좌우명을 가슴에 품고 현실에 부대끼며 한 생애 동안 수확한 희망의 씨앗 『에세이 앤 시』를 보시는 분들께서 깃털보다 작은 보탬이라도 될 수 있다면 하는 염원이 간절하다. 봄에 영그는 충실한 이삭을 거두고, 삼복더위에 잘 익은 열매를 따서 말린다. 가을바람에 통통하게 살찐 씨앗을 엄선하여 이 씨오쟁이에 담아 '사랑과 건강과 행복, 그리고 화목의 씨앗'을 독자 여러분께 바친다.

줄탁동시

중국 송나라 때 설두중현(雪竇重顯)이 선문답을 정리하여 『벽암록(碧巖錄)』을 펴냈다. 줄탁동시(啐啄同時)는 이 책에 나오는 말이다. 알 속에서 병아리가 밖으로 나오려 할 때 껍질의 안쪽을 콕콕 쪼는데 이를 '줄(啐)'이라 한다. 병아리의 쪼는 소리를 듣고 밖으로 나올 수 있도록 어미 닭이 껍질을 콕콕 쪼는데 이를 '탁(啄)'이라 한다. 그러므로 '줄과 탁은 동시에 이루어져야 뜻하는 바가 이루어진다'는 뜻이다.

부모님 합동 제삿날이면 우리 식구는 울산 큰집으로 제사를 모시러 간다. 큰집 식구와 울산 형님, 부산 형님 식구까지 스무 명이 넘게 모이니 부모님 시절 대가족이 모두 모이는 셈이다. 조카들과 질부, 손자 손녀들이 어른에게 먼저 인사를 드리고, 어른들의 덕담을 듣고 나면 간단한 간식을 먹으며 서로 정담을 나눈다.

담소가 끝나기를 기다렸다가 울산 형님이 가슴에 묻어두었던 응어리를 풀어내기 시작했다.

"우리 집안에 큰형님과 형수님이 먼저 세상을 떠나 유골이 낙원공원묘원에 안장되어 있다. 또 작은형님은 부모님 산소 아래 안장되어 있다. 옥열이 어미는 울산 공원묘원에 수목장을 한 상

태이고, 앞으로 작은형수님이 세상을 떠나면 조카는 작은형님 산소를 기장공원묘원으로 이장할 생각으로 유택을 준비해 두었다고 한다.

올해가 아버님이 태어나신 지 100주년이 되는 해이다. 우리 집안의 선산이 있는데도 불구하고 아들과 며느리 유골이 뿔뿔이 흩어져 있어서 마음 편할 날이 없다. 이 시점에 우리 가족들이 서로 양보하고 힘을 모아 가족동산을 마련하지 못하면 앞으로는 영원히 못 할 것이라는 생각이 자꾸 든다.

우리 5형제가 태어나 자라며 미운 정 고운 정이 배어 있는 고향, 부모님 산소 아래 우리 5형제 부부와 자손이 한자리에서 영면할 수 있는 가족동산을 만들었으면 하고 늘 혼자 생각해 왔다. 창원 동생은 이점에 대해 어떻게 생각하나?"

가족동산 조성에 대한 도화선에 불을 붙여 나에게 주었다.

"형님의 의견에 전적으로 동의합니다. 가족동산을 조성하려면 관련법이 정하는 바에 따라 평장으로 조성하는 것이 불가피하고 경사가 어느 정도 있기 때문에 조성비용도 제법 들어갈 것입니다. 큰조카와 작은형수님, 여러 조카들의 의견을 먼저 들어보고 가족 모두가 동참하는 분위기에서 조성하는 것이 좋을 것으로 생각합니다."

내 말이 끝나기를 기다렸다가 큰조카가 말을 이었다.

"아버지 5형제분은 같은 부모님으로부터 태어나 직장 따라 흩어져 살아왔지만, 세상을 마감한 후에는 유골이라도 부모님 산소 아래 함께 안장하는 것이 자식 된 도리라고 생각합니다."

이렇게 하여 이구동성으로 가족동산을 마련하자고 동의하여 전원 박수로 찬성하였다. 가족동산의 조성면적은 최소한으로 줄이고, 조성경비는 아들의 수대로 울산 형님이 4분의 3, 내가 4분의 1을 부담하기로 하였다.

그날 제례를 모시고 집에 돌아와 누워있는데 어디에선가 알껍데기 쪼는 소리가 '톡톡'하고 들렸다. 요즘 형님 건강이 안 좋아 보였는데 몇 년이나 더 견딜 수 있을지…, 아마 세상 하직할 날이 얼마 남지 않았을 것이라는 생각에 칠흑 같은 밤을 혼자 고민하고 계셨구나.

부모님도 우리 5형제가 뿔뿔이 흩어지는 것을 좋아하지 않을 것이다. 작은형님이 가족동산을 조성할 생각으로 마음속 껍질을 쪼았으니 나도 서둘러 밖의 일을 추진하도록 콕콕 쪼아야겠다. 남천가족동산을 조성하여 형님과 우리 가족의 소망을 동시에 이루고 싶다. 후손들이 가화만사성의 깃발 아래 서로 돕고, 건강하며 화목한 가족으로 거듭날 수 있도록 해야겠다.

이날 밤 큰 솔밭 노송 가지에 둥지를 튼 소쩍새 부부가 '좋지요, 조아요. 맞지요 마자요.' 밤새 노래하며 맞장구를 치고 있었다.

남천가족동산

　김해김공 기태께서는 가락국 시조대왕 수로의 73세손이요, 조선시대 성종임금 조정에서 지 돈녕부사 겸 전라도관찰사를 역임한 안경공 영정의 17세손으로 호를 '남천'이라 했다.

　남천산소 위에는 부친 덕암처사가 자리 잡으시고, 남천 산소 아래는 후손들이 뜻을 모아 가족동산을 만들었네.

　이 자리는 대한민국 경상남도 하동군 양보면 감당리 산 26번지, 푸른 별(지구) 여행을 마치고 우주로 떠날 때 이륙하는 자리로 명당 중의 명당이어라.

　이승에서 조상님과 부모형제 인연으로 얻어 입은 육신은 화장하여 이 자리에 묻어두고 홀로 떠나는 그대는 누구인고?

　후손들아!

　빈손으로 왔다가 빈손으로 떠나는 내 몸속의 나는 어디서 왔다가 어디로 떠나는가? 인생은 모였다가 흩어지는 뜬구름과 같고 물거품과 같으며 밤하늘에 빛나는 번개와 같더라.

　살아생전 덕을 쌓고, 지극정성 베풀며, 좋은 일만 많이 해서 복을 짓고 또 지어라.

　네 몸속에 진짜 네가 평생 동안 한 일거수일투족을 네 몸속의 최첨단 메모리로 기록하였다가 네가 이승을 떠나는 찰나에 영상으로 보여주며 잘잘못을 가릴 것이니라. (비문:碑文)

만월

시영마을 죽마고우
한 동리에서 소 먹이러 다니던 또래 친구
이순(耳順)을 지나서 만났다.

반가움 반, 설렘이 반
콩닥콩닥 가슴은 떡방아 찧는데
미모의 여인 홀로 앉아 기다리는구나.
모락모락 한 송이 뭉게구름
샹들리에 꽃밭으로 소풍 가던 날
찻잔 앞에 놓고
마주 보며 앉았네.

친구가 건네 준 자신의 시집『만월의 여자』
들꽃 내음 가득한 시 72수
연애편지인 양
밤새워 낭송하였다.

심금을 울리는「어머니」에서는

투병 중인 만월의 어머니 「연동댁」
마지막 떠나시는 길을 화폭에 담았고
「누름돌」은
자연과 한 몸 되어 걸어온
선각(先覺)의 시로다

이제 남겨둔 나의 과업은
'씨오쟁이' 만드는 일
칠흑 밤에 만월이 두둥실 떠올라
길을 밝혀 주는구나.

세월의 물레가 돌고 또 돈 지
이순하고 여러 번
지나온 발자취를 뒤돌아보고
떠나야 할 그날이
코앞에 올 때까지
'떨켜' 하나 다듬어두고
말없이 소리 없이 돌아서련다.

용서의 기도

매일 새벽잠에서 깨어나면 나를 낳아 보살펴주신 부모님과 조상님, 인연(因緣)을 맺은 모든 분들에게 '덕분입니다. 고맙습니다. 감사합니다. 사랑합니다.' 하고 기도를 올린다.

식사 전에도 이 음식을 먹을 수 있도록 도움을 주신 분들에게 '감사합니다. 덕분에 잘 먹겠습니다.' 하고 마음속 기도를 올린 다음 식사를 한다. 그러면 더 맛있게 음식을 먹을 수 있다.

이 세상에는 불확실한 진리가 오직 하나 있다. 그것은 바로 우리가 언제 죽을지 모른다는 것이다. 반면에 확실한 진리가 딱 하나 있다. 그것은 우리는 반드시 죽는다는 사실이다.

석가모니도 예수도, 공자도 죽었다. 먼저 세상을 떠난 조부모님과 부모님이 이를 증명한다. 그렇다면 어떻게 세상을 살다 가야 멋지게 사는 인생일까? 이 물음에 대한 정답은 한마디로 없다. 다만 3%의 소금이 바닷물을 썩지 않게 하듯이 소금과 같이 살면 멋지게 살다가는 인생이 아닐까?

순국선열과 조상이 목숨을 바쳐 지키고 피땀 흘려 가꾸고 물려주신 복 받은 나라가 대한민국이다. 이 땅에서 살아가야 할 후손들이 세세손손 건강하고 행복하며 편안하게 살아갈 수 있도록 이제부터라도 소금과 같은 삶을 살아야겠다고 생각해 본다.

어차피 인생은 빈손으로 왔다가 빈손으로 떠나는 나그네가 아니던가.

우리 가족, 일가친척, 친구와 직장 동료 등 인연으로 만난 사람들을 위해 내 몸속에 있는 진짜 나를 찾아내야겠다. 상대방의 입장에서 생각하고 배려하며, 양보하고, 베풀었으면 좋겠다. 덕을 쌓으며 살아가는 것이 부모님과 조상님, 인연 있는 분들에게 보답하는 마지막 할 일이라고 믿는다. 삶의 마무리 목록을 새겨두고 실천하며 내 인생에 용서의 기도를 올린다.

① 일생 동안 부대끼며 살아오면서 말이나 행동으로 내게 상처를 준 모든 악연이나 인연에 대해 용서합니다.

② 이 세상을 살아오면서 알게 모르게 나의 잘못된 말이나 행동으로 상처받은 모든 악연이나 인연에 대해 용서를 구합니다.

③ 지금까지 주고받은 것 하나 없이도 무조건 싫어하고 미워하며 비평하고, 남의 허물을 말하는 사람이 있으면 덩달아 맞장구친 나의 말이나 행동이 편견에서 오는 잘못임을 뉘우칩니다. 상대방의 입장에서 보면 절대적으로 옳은 것도 절대적으로 나쁜 것도 없다는 사실을 뒤늦게 뉘우치고 이 '바보의 벽'에 대해 용서를 구합니다.

각오

2018년 새해 아침

동해의 검푸른 바다에서 불덩어리가 황금 날개를 홰치며 창공을 향해 솟아올랐다. 이 아름다운 별나라에 소풍 온 이래 육십오 년이란 역사의 걸망을 지고 서 있는 나.

또래의 친구들과 송기(松肌)와 삐삐로 주린 배 채우고, 발가벗고 멱 감고 물장구치며 신나게 놀던 그때 그 시절이 번개처럼 스쳐 지나간다. 굽이굽이 돌고 돌아 여기 나 홀로 서 있구나.

아름드리 노송 가지에 기어올라 마른 가지 자르고 낙엽 긁어 바지게에 담아지고 큰방 사랑방 부엌마다 땔감을 해다 날랐네.

무쇠솥에 쇠죽 끓여 구시에 퍼 주면 맛있게 우물거리던 누렁이, 목과 등을 빗자루로 빗겨주면 두 눈을 껌뻑거렸지.

책보자기 둘둘 말아 어깨에 메고 딸랑거리며 두렁길을 지나 고샅길도 지났네. 풀빵 냄새가 등천하던 구멍가게를 지나면 중학교가 앉아 있었지, 삼 년을 꼬박 십여 리 길 걸어 다녔네.

중학교 졸업 후

아미동 골목시장에서 술 배달하고, 보수동 사거리 얼음 배달하며, 일찍이 삶의 체험 해 보았지. 공직에서 회사에서 직장생활 사십여 년, 근면성실 직장의 길 걸어왔네. 셋방 비워 달라 하여 태어난 지 두 이레도 안 되는 핏덩이를 안고 이사 다녔네, 비록 칼국수였지만 오붓이 네 식구 외식도 하였지. 전월 셋방 옮겨 다닌 지 다섯 번 만에 은행대출 받아 빌라로 이사 갈 때 새 가구 마련은 꿈도 못 꾸었지. 남들 버리고 간 책장과 문갑이 아직 멀쩡하다며 들여와 십수 년을 같이 산 알뜰 살림꾼.

산악회에서 한라산 등산 때
등산복 한 벌 없이 청바지에 점퍼 차림으로 따라가 무릎 덮인 폭설에 얼마나 떨었던지…
아! 그때 그 시절
흘러간 꽃송이가 스크린에 피어난다.
앞만 보며 달려온 청춘은 주마등처럼 지나온 데 간 데없고
일곱 빛깔 무지개만 뎅그러니 남았네.

이제
잠시 뒷짐 지고 선 채 거울에 비친 내 자신을 보네.
귀밑머리엔 단풍이 내려오고, 얼굴엔 계급장이 주렁주렁 매달려 가슴을 여미는데, 여기까지 후회 없이 달려왔으니, 어젯밤 자정으로 흘러간 청춘에 마침표를 찍는구나.

오늘부터 시작하는
인생 제2막 무대를 활짝 열고, 지금껏 돈과 시간 때문에 못다

이룬 꿈속의 꽃길을 걸어가련다. 가족과 친구와 어울릴 시간을 최대한 많이 할애하고 늘려, 함께 즐기면서 노는 소담한 행복의 길을 걸어가련다. 흘러간 세월에 얽히고설킨 인연을 찾아, 따뜻한 정으로 콩닥거리는 가슴으로 마지막 남은 나의 길을 걸어가련다. 흘러간 청춘 뜨거웠던 열정, 거추장스러운 걸망일랑 모두 던져버리고, 날이면 날마다 편안하고 건강하게 살아가련다.

가슴속에 웅크려있는 탐욕과 질투
헌신짝 버리듯 벗어 던지고
겸손과 양보로, 미소로 웃음으로, 따뜻한 가슴으로
순수한 정으로
배려하고 토닥이며 살아가련다.

건강관리

　나는 청소년기와 중년기를 넘어오며 콜라, 사이다, 오란-씨, 환타 같은 탄산음료를 즐겨 마셨다. 맥주 소주 막걸리도 좋아하였다. 먹을 것은 안 줘서 못 먹었고, 없어서 못 먹은 포식주의자였다. 식탐이 많아 아무 음식이나 가리지 않고 배가 부르도록 잘 먹었으며, 돼지 삼겹살 구이는 하루에 세 끼를 먹어도 물리지 않았다.

　야식으로는 통닭과 족발, 술을 가끔씩 먹었다. 이렇게 나쁜 식습관이 계속되다 보니 몸은 과체중으로 변해있었다. 중성지방은 표준치를 몇 배나 초과하여 세수를 할 때면 코피가 주르르 흘렀다. 해발 50m도 안 되는 뒷산을 몇 차례나 쉬어야 올라갈 수 있을 정도로 건강이 악화되었다.

　이렇게 이탈한 생활습관을 바로잡기 위하여 걷기운동을 시작했다. 운동량보다 식사량이 많았기 때문에 몸무게와 중성지방 수치는 제자리걸음을 하고 있었다. 이순 고개를 넘고부터 절제된 식습관과 규칙적인 운동을 위해 새해 달력이 나오면 건강관리 목표를 세워 실천에 옮기는데 이 방법이 가장 효율적이었다.

* 건강관리 목표

1) 쌀밥, 설탕, 밀가루 음식 3할 줄이기

2) 육류 섭취량 3할 절제하기

3) 3끼 식사비율은 3 : 3 : 2

4) 식사 총량 8할로 절제, 야식 절대금지

5) 공복에 온수 두 잔 마시기

6) 채소, 과일, 칼슘, 당근, 양파 적당량 먹기

7) 음식은 50회 이상 씹어 삼키기

8) 만 보 이상 걷고, 30분 이상 근력 운동하기

9) 6개월마다 치과 정기점검하기

10) 허물은 덮어주고 칭찬은 많이 하기

11) 도와줄 때는 따뜻한 가슴으로, 충고할 때는 진실한 가슴으로

12) 가르칠 때는 이해하는 가슴으로 매일 연애하는 것처럼 살기

13) 백 번 듣고 보는 것보다 하나라도 실천하여 내 것으로 만들기

고희의 풍경

석이와 나는 초등학교 시절 둘 다 키가 작았기 때문에 교실 맨 앞줄에 나란히 앉아 공부를 하였다. 초등학교를 졸업하고 난 뒤 둘은 소식이 끊어졌다. 1975년 7월 군에 징집되어 논산훈련소 연병장에서 신체검사를 받기 위해 기다리는데 장정들 사이에 석이 친구가 있었다. 얼마나 반가웠던지 술이나 한잔하며 옛정을 나누고 싶었다. 그렇지만 군대라는 말뚝에 매인 몸인 데다가 소속도 달랐기 때문에 안부도 물어보지 못하고 다시 기나긴 이별을 해야만 했다.

세월의 물레가 구르고 굴러 이순을 넘긴 2019년 새해였다. 덕담 메일을 주고받던 날 아침, 내 톡으로 〈우리네 인생〉이라는 동영상 한편이 날아왔다. 그 내용이 어찌나 가슴을 찡하게 하던지 석이에게 답글을 적었다.

친구야!
그동안 건강하게 잘 지내고 있지? 새해 복 많이 받아라. 자네가 보내준 〈우리네 인생〉 노래와 그림이 내 마음을 울컥하게 하는구나. 피아노 반주에 맞추어 간드러지게 부르는 환상의 노래는 열두 폭 화선지에 그린 병풍 그림 같고, 배경 만화로 그린

〈우리네 인생〉 여정은 인도의 시성 타고르(Tagore)의 시를 떠올리게 하는구나.

젊은 시절 아름다운 청춘은 온데간데없이 사라지고, 아들딸 낳아 생채기 한 점 없이 키워 학교 보내고, 사각모 쓰고 졸업식에 참석했던 시절이 엊그제 같다. 자식들은 모두 결혼하고 그 자식이 우리와 같이 아들딸 낳고… 우리가 걸어온 길을 걸어가고 있구나. 손자 손녀 낳아 애지중지 뒷바라지하며 보살피고 잠시 웃음꽃 피우다 거울 앞에 선 내 모습을 바라보니 고희의 풍경이 코에 매달렸네.

바닷가 파도는 쉴 새 없이 밀려왔다 다시 멀어져가고 우리네 인생은 왔다가 떠나면 다시는 돌아올 수 없으니, 오가는 게 어찌하여 파도와 꼭 빼닮았는가. 파도는 어제도 오늘도 변함없건만 오가는 것도 사라짐도 없다는 성철 큰스님의 법문 가운데 '질량불변의 법칙'은 이를 두고 하신 법어가 아니겠는가. 바닷가 물거품이 잠시 잠깐 나타났다가 사그라짐과 같은 우리네 인생이구나.

친구야!
우리 두 사람의 거품이 사라질 때는 사라지더라도
살아있는 동안만은 행복한 인생이라고 서로 믿으며
세상 끝나는 그 날까지 우정은 변치 말고
즐겁고 건강하며 행복하게 살다 가세

설날

무술년 똬리길 넘어온 우리 가족
기해년 햇살에 첫발 디딘다.

사랑님과 한 몸으로 살아 온 지 삼십팔 년
아들딸 결혼하여 손자 손녀 셋을 얻었다.

아들과 며느리는 공주 재롱에 기쁨 꽃이 만발하고
딸과 사위는 옥동자 얻어 즐거운 꽃이 피었다.

기해년 설날은
수연공주 생일날

어제가 입춘(立春)이니 대길(大吉)할 괘요,
봄기운이 찾아오니 경사가 겹치구나.

사랑님과 결혼식 날 둘이 걷던 레드카펫
올 설에는 아홉 식구 도란도란 다 모였네.

케이크에 촛불 켜 환하게 밝히고
"사랑하는 수연공주 생일 축하합니다."

손뼉 치고 웃음 지며 부르는 축가
꽃 중에서 엄지 꽃은 화목(和睦)꽃이라오

사랑 건강 행복의 풍요로운 흙으로
세상에서 제일 예쁜 '화목 꽃'을 피웠네.

가정이 화목하면 사회가 살맛 나고
사회가 살맛 나면 나라가 편안하고
나라가 편안하면 백성은 태평성대 노래하리.

새옹지마*

2019년 7월 18일 자정을 넘기며 나의 반쪽이 쓴 편지이다.

버팀목 당신에게!

장맛비가 주룩주룩 내리네요. 옥상 문을 닫아야겠다는 생각에 잠이 깨어 문을 닫고 내려왔어요. 잠이 오질 않아 몇 자 적어봅니다. 당신을 만난 지 강산이 세 번이나 바뀌었고 몇 년이 더 지나갔네요. 우리들의 신혼 시절에는 냉장고도 없이 어렵사리 살아왔지요.

지나온 날들이 자꾸 생각납니다. 장남 첫돌 날 새벽, 당신은 김해에서 부산까지 버스를 두 번이나 갈아타고 시험 치러가서 '도시계획 기사 1급자격증'을 취득했지요. 아들이 다섯 살, 딸이 세 살 되던 해는 부원동 주택에서 전세살이하며 한국방송통신대학교에 입학하였지요. 직장을 다니면서 열심히 공부하여 졸업식 날 장남을 결석까지 시켜가며 가족 모두가 서울에 있는 한국방송통신대학교 졸업식장에 참석했었지요. 그때 아들의 초등학교 담임 선생님이 살아있는 교육이라며 아들의 결석을 허락했습니다.

그리고 동아대학교 대학원에 입학하고 밤을 새워가며 석사학위 논문을 준비하여 석사학위까지 받았고, 또 몇 년이 지나 기술사 공부를 시작했지요. 부산에 가서 기술사 시험 치르던 날, 도시락을 준비하여 따라갔던 기억이 주마등처럼 스쳐 지나갑니다. 당신의 건강을 위하여 아쉽지만 잘 끝냈어요.

여보! 당신은 젊은 시절 열심히 공부하고 노력하여 여기까지 왔습니다. 우리는 남부럽지 않게 근면 성실하게 살아왔고요. 당신 덕분에 우리 가족은 그동안 행복했습니다. 나는 항상 존경하는 우리 남편이 최고라고 생각합니다. 지금은 당신과 나, 둘 다 시력이 좋지 않은데, 이제부터라도 건강관리 하면서 여생을 보통사람으로 편안하게 살아갑시다.

당신이 어느 날 갑자기 시(詩) 창작 학습을 한다고 했을 때 나는 별로 좋지 않은 기억들이 자꾸 머리에 떠올랐어요. 그때부터 내 마음은 편할 날이 없었습니다. 지금까지 살아오면서 우리 두 사람 알콩달콩 평범하게 잘 살아왔다고 생각합니다. 당신은 시 창작을 하면 행복해진다고 하는데 저는 마음이 불편하고 스트레스가 자꾸 쌓입니다. 어쩌면 좋을까요. 앞으로 시창작반 회장이라는 감투를 맡게 된다면 여러 가지로 제 마음이 더욱 힘들 것 같습니다.

여보! 저는 된장 한 가지로 반찬을 해 먹더라도 마음이 편안해야 한다고 생각합니다. 다시 한번 생각해 주세요. 환갑 진갑 다 넘기고 남은 인생을 즐겁고 건강하며 행복하게 살아가기를 기대합니다. 여보! 두서없는 글이지만 이해하여 주시길 부탁드립니다.

2019. 07. 18 밤 옥이가

경상도 흥해 사또인 김판수는 어부 출신이었다. 고기잡이배를 사서 선주가 되었고 어장까지 사들이며 흥해 어판장을 좌지우지하는 큰 부자가 되었다. 그는 한양까지 줄이 닿아 큰돈을 뇌물로 갖다 바치고 벼슬을 얻어 경상도관찰사 밑에서 얼쩡거리다가 마침내 흥해 사또로 부임하게 되었다.

그가 평생 그렇게도 바라고 바라던 고향 고을의 원이 되어 권세도 부려보고, 주색잡기도 해 보았으나 마냥 즐겁지만은 않았다. 뭔가 알 수 없는 허전함이 마음 한구석에 남아 있었다.

나뭇잎이 울긋불긋 단풍이 들어가고 첫서리가 내리던 날, 사또는 동헌 마루에 홀로 앉아 깜빡 졸았다. 그는 김판수로 다시 돌아가 푸른 파도가 넘실거리는 바다에서 배를 타고 그물을 끌어 올렸다. 은빛 찬란한 농어 떼가 갑판 위에서 반짝이며 펄떡거리자 그는 농어와 함께 드러누워 껄껄대며 한바탕 웃고 있었다. 달콤한 꿈을 꾼 것이었다.

이튿날 사또는 백성들의 눈을 피해 어부로 변장하여 동헌의 전담의원인 민의원만 데리고 바다로 나갔다. 준비시켜 둔 쪽배를 타고 망망대해로 노를 저어 나아가자 가슴이 뻥 뚫렸다.

옛날 솜씨가 그대로 살아난 듯 그가 던진 그물에는 농어와 방어가 펄떡거렸다. 그는 호리병에 담아온 잘 익은 농주를 꿀꺽꿀꺽 들이키며 껄껄거렸다. 그러다가 그만 손을 헛짚어 왼손 약지가 못에 찔려 피가 뚝뚝 흘러내리자 민의원이 그 자리에 약쑥을 붙이고 붕대를 감아주었다.

"괜찮겠지?"

사또가 걱정이 되어 물어보았다. 눈을 내리깔고 있던 민의원이 조용히 대답하였다.

"좋아질지, 나빠질지 누가 알겠습니까?"

관아로 돌아왔는데 못에 찔린 손가락이 퉁퉁 부어오르고 통증이 심하여 도저히 잠을 이루지 못하게 되었다.

며칠 후 민의원이 사또의 다친 손가락을 칼로 째고 고름을 빼낸 뒤 고약을 발랐다.

"내 손가락이 어떻게 되어 가는가?"

사또가 묻자 민의원은 이번에도 똑같은 대답을 하였다.

"좋아질지 나빠질지 누가 알겠습니까?"

사또는 몹시 화가 났지만 민의원이 연배인 데다가 뭇 사람들로부터 존경 받고 있는 터라 꾹 눌러 참았다.

며칠이 더 지나자 사또의 손가락이 시커멓게 썩어들어가 손가락을 잘라내지 않을 수 없게 되었다. 사또는 무당 손에 들린 사시나무처럼 온몸을 부들부들 떨며 고함을 질렀다.

"여봐라! 저놈의 돌팔이 의원을 당장 감옥에 쳐넣어라."

그래도 분이 풀리지 않은 사또는 그날 밤 감옥으로 민의원을 찾아가 "이 돌팔이야. 감옥에 갇힌 맛이 어떠냐?"

그러나 민의원은 목에 큰 칼을 쓴 채 무덤덤하게 대답하였다.

"이것이 좋을지 나쁠지 누가 알겠습니까?"

사또는 또 화가 머리끝까지 치밀어 올랐다.

"또, 또, 또 저 소리! 여봐라. 저놈을 당장 끌어내어 곤장 10대를 쳐라."

손가락을 절단한 지 한 달 남짓이 지나서야 사또는 붕대를 풀었다. 잘린 상처는 말끔히 아물었지만, 왼손 약지가 잘려나가 영락없는 병신이 되어 있었다. 시름에 잠겨 우울한 나날을 보내고 있던 사또는 또다시 바다가 그리워 동짓달 어느 날 홀로 쪽배를 타고 노를 저어 바다로 나갔다.

그때 수평선 너머에서 불쑥 솟아오른 황포돛배가 순풍을 타고 파도를 가르며 쏜살같이 다가왔다. 이럴 수가, 그 배는 해적선이었다. 해적에게 잡혀간 사또는 죽을상이 되어 벌벌 떨었다. 이들은 갑판 위에 걸쭉하게 제사상을 차려놓고 용왕제를 지낼 준비를 하고 있었는데 사또를 제물로 잡아 바다에 빠뜨릴 작정이었다. 이를 눈치챈 사또는 울며불며 발버둥을 쳐보았지만 부질없는 짓이었다. 그런데 사또를 밧줄로 묶고 있던 해적이 무언가 이상하다는 듯이 두목을 불렀다.

"쯧 쯧, 이런 손가락도 없는 병신을 제물로 쓸 수는 없지!"

사또는 죽을 고비를 겨우 넘기고 살아서 돌아왔다. 의관을 차려입고 감방으로 달려가 의원 앞에 넙죽 엎드리며 "의원님의 깊은 뜻을 미처 몰랐습니다. 제가 손가락 하나가 없는 덕택에 목숨을 건졌습니다. 그런데도 의원님을 감옥에 가두고 있다니…"

사또는 손수 감옥 문을 열고 민의원을 정중히 동헌으로 모셨다.

"죄송합니다. 이 모두가 제 탓입니다."

사또가 거듭 머리를 조아리자 민의원이 나직하게 말하였다.

"아닙니다. 나리, 나리 덕분에 제 목숨을 건졌습니다. 소인을 감옥에 가두어 두지 않았더라면 틀림없이 소인은 나리를 따라 바다에 동행했을 터이고 내 몸뚱이는 멀쩡하므로 해적의 제물이 되어 지금쯤 고기밥이 되었을 것입니다.(작자 미상, 옮긴 글)

어린 시절 아버지가 소반을 사이에 두고 마주 앉아 들려주시던 이야기를 가끔씩 되새겨 본다. 세상을 살다 보면 항상 두 갈래 길이 선택을 기다리고 있다. 나는 어려운 일이 닥칠 때마다 위기를 기회로 삼고, 걸림돌을 디딤돌 삼아 오뚝이처럼 일어났다. 이제, 남은 생을 시 창작에 몰입하는 것이 여생을 행복하게 할 것인지 아니면 불행의 구렁텅이로 빠뜨릴 것인지 아무도 모른다.

결혼 후 오늘까지 나와 한 몸 되어 살아왔고, 앞으로 남은 생을 함께 살아가야 할 사랑님의 조언대로 시창작반에서 습작시를 짓기 시작한 지 6개월 만에 나래를 접고, 가족의 품으로 돌아와 사랑하고 배려하며 여생을 마무리하는 것이 '항상 가족의 화목을 염원하시던 부모님의 뜻'에 따르는 길인지도 모른다. 인생은 새옹지마(塞翁之馬)*와 같이 여러 변수로 우리의 삶을 한층 더 풍요롭게 만들기도 하고 행복하게 해줄 수도 있기 때문이다.

* 새옹지마 : 인생의 길흉화복은 변화가 많아서 예측하기 어렵다는 말이다. 옛날 새옹이 기르던 말이 오랑캐 땅으로 달아나 노인이 낙심했다. 그 후에 달아난 말이 준마 한 필을 끌고 와 그 덕분에 훌륭한 말을 얻게 되었다. 아들이 그 준마를 타다가 떨어져서 다리가 부러졌다. 노인이 다시 낙심하였다. 그 일로 아들이 전쟁에 끌려나가지 아니하고 죽음을 면할 수 있었다는 이야기이다.

희망의 씨앗에서 사랑이 싹트기를

오병훈(수필가)

　김영주의 수필은 자연을 관조하는 데서 시작하여 가족의 사랑으로 귀결된다. 유년의 꿈을 간직한 고향 산천이 무대가 되어 그 속을 넘나들며 추억여행을 한다. 그 여행은 현실에서 출발하지만 무대는 이미 사라진 상상의 공간일 뿐이다. 그래도 유년의 순수하고 아름다운 꿈을 좇아 떠나는 환상여행이어서 글을 읽는 이라면 누구나 공감하게 된다. 문학의 혜택을 누리는 사람이든 아니든 유년기를 겪어 왔기 때문이리라.

　자연은 언제나 우리의 상상 속에 살아있다. 고향에 대한 추억도 우리의 가슴 가슴마다 살아 숨 쉬고 있다. 어릴 때 뛰어놀았던 그 아름다운 자연이 머릿속에서 살아있는데 다정했던 동무들이라고 어찌 기억에서 사라지겠는가.

　그는 작품 속에서 고향의 향수를 되살려 고운 문체로 그려내는 작업을 한다. 마치 한 폭의 수채화를 보는 것 같다. 맑고 투명한 감성이 글의 곳곳에서 팔딱인다. 수박 냄새나는 은어처럼 신선하다. 살아있다. 작가의 감성이 읽는 이에게 그대로 전해져 함께 공감하고 더불어 느끼며 글 속으로 빠져들게 된다.

김영주의 수필은 자연 예찬이며 가족애에 바탕을 둔다. 그의 작품 「물레방앗간」은 어릴 때 방앗간을 중심으로 일어난 일을 기록한 글이다. 물레방앗간은 가업이었으며 성장기의 무대였다. 그 아래 시내는 놀이터였다. 방앗간 옆에 사는 또래 친구와의 추억도 잊을 수 없기에 작품 속의 소재가 되었으리라. 함께 자란 가난한 동무를 기억하는 작가의 마음이 절절히 녹아 있다.

> 방앗간에서 징검다리를 건너 구불구불한 두렁길을 따라가면 가시덤불에 새둥지 같은 오두막이 앉아 있다. 이 오두막은 친구의 부모가 아까시나무 가지를 걷어내고 지은 움막이었다. 냇가에서 머리통만 한 돌을 날라 흙을 섞어 벽을 쌓고, 나무를 걸치고 억새풀로 지붕을 덮었다.
> ― 「물레방앗간」

이런 움집에 사는 가난한 친구였지만 작가에게는 둘도 없는 단짝이었다. 날이 새면 만나고 해가 기울면 헤어지는 다정한 벗이었다. 아무리 해가 바뀌고 나이가 든다고 해도 어찌 잊을 수 있겠는가.

김영주가 추구하는 또 다른 세계는 가족 사랑이다. 그의 작품 「화목의 꽃」은 어머니에 대한 사랑이며 모정을 갈구하는 아들의 애틋한 정감을 형상화했다. 그의 어머니는 많은 격변기를 거치면서도 꿋꿋하게 헤쳐 나왔다. 우리 모두의 어머니상이 아닌가. 아들의 바짓가랑이가 방앗간의 기어에 걸려 발목을 절단해야만 하는 큰 사고를 옆에서 지켜보아야 했던 어머니. 아들의 고통을 함께 느끼지만 어쩌지 못하는 애끓는 마음을 누가 알겠는가. 어머니는 우리에게 있어 언제나 그리움의 대상이며 때로는 가슴을 멍들게 한다. 생각만으로도 눈물짓게 하는 존재가 아닌가. 그 어머니가 새댁 시절이었다.

새댁은 세 살이었던 시동생과 한 살배기 시누이를 친자식처럼 키워야 했다. 일제 강점기라 집안 살림이 녹녹지 않았다. 스무 명이 넘는 대가족의 삼시 세끼를 책임져야만 했다. 먼동이 트기 전에 일어나 목화를 심고 가을이면 목화송이를 따 물레를 돌려 실을 뽑았다.

　　　　　　　　　　　　　　　　　　　　－「화목의 꽃」

시집살이가 그토록 어렵다니. 동트기 전에 일어나 밭에 나가 일하고 밤이면 길쌈으로 지새웠던 날이 얼마였던가. 우리의 어머니들은 이처럼 위대한 분들이었다. 슈퍼우먼이 따로 없다. '아내와 함께 내동 들판으로 나물 캐러 갔을 때 쑥부쟁이와 돌미나리를 많이 캐' 온 다음 해에 돌아가신 어머니. 작가는 어머니와의 마지막 기억을 나물 캐러 갔던 일로 마무리를 짓고 있다. 작가에게 있어 어머니는 한 그루의 나무다. 온갖 고난을 이겨내고 화사한 꽃을 피운 강인한 나무.

작가의 또 다른 작품 「장 구경」은 어린 시절 어머니를 따라 시장에 갔을 때의 감동을 적은 글이다. 「물레방앗간」과 함께 자신의 체험을 진솔하게 적은 자전적 이야기라고 할 수 있다. 「화목의 꽃」과 「큰 솔밭」이 어머니를 중심으로 한 가족 이야기라면 「덕암처사」는 할아버지를 기억하면서 쓴 글이다. 어려운 시대를 살아야 했던 가족사를 실감 나게 그려냈다. 식솔들을 살리기 위해 여러 번 이사할 수밖에 없었던 할아버지. 그 할아버지를 정성껏 공경하는 손자의 효심이 잘 녹아 있는 글이다.

김영주의 문학적 모티브는 사랑이다. 그는 가족과 친구, 그리고 이웃들과 지내면서 느낀 감정을 글에 담아 사랑을 베푸는 끝없는 여행을 계속한다. 작가는 산문과 시를 동시에 추구한다. 이 책에서도 시문을 섞어 기술하고 있어 독자들의 흥미를 돋운다.

김영주의 산문 36편 가운데 작가 자신의 자전적 수필이 16편, 가족 이야기가 8편, 친구와 이웃의 소박한 사연이 12편이다. 이것으로 보아 대부분 작가 자신을 둘러싸고 있는 가족과 이웃들과의 소소한 이야기들을 잔잔하게 풀어 놓았다는 것을 알 수 있다. 그저 평범한 개인의 삶을 우리에게 들려주고 있어 공감이 간다. 소재가 나와 가족, 친구들과 살아가면서 일어나는 에피소드를 들려준다는 점이다.

수필은 여느 문학 장르와 달리 교술 기능을 강조한다. 작가가 독자에게 학술적 또는 교양적 정보를 제공하는 기능을 갖고 있다. 작가는 교술적 기능을 잘 활용하고 있다. 「물레방앗간」에서는 보를 축조하는 과정과 물을 이용하는 방법을 설명하여 독자

들로 하여금 흥미를 불러일으킨다. 또 냇물에 살아가는 어류와 갑각류의 생태를 설명하는가 하면 장어와 참게를 잡는 전통 어로 방법까지 자세히 설명하고 있다.

참게가 산란기에는 바다로 내려간다는 내용과 통발을 이용한 전통적 어로 방법은 하천을 생활터전으로 살아가는 우리의 민속인 동시에 자칫 잃어버릴 수 있는 문화유산이다. 따라서 이러한 어로 방법은 작가의 체험에서 우러나온 생활의 지혜이므로 누군가 기록하지 않으면 사라질 수밖에 없다. 수필의 교술적 기능을 잘 활용한 글쓰기라고 할 수 있다.

서른여섯 편의 산문 중에는 국내외 여행기 8편이 들어 있어 재미를 돋운다. 누구든 여행을 싫어하는 사람은 많지 않을 것이다. 낯선 곳에서 처음 만난 사람들과 이야기를 나눌 수 있는 여행이야말로 마음 설레는 일이 아닌가. 작가는 그 여행을 혼자, 또는 친구와 둘이 떠나기도 하고 여러 명이 함께 다녀오기도 했다. 그렇게 하여 여행지에서 보고 듣고 느낀 감정들을 이야기로 풀어냈다.

조선왕조 6대 단종임금이 유배생활을 하였다는 영월군 청령포를 찾아갔다. 세종대왕의 장손도 조정의 권력다툼에서 밀려나면 지켜줄 사람 하나 없다 하니 권력의 무상함을 되새김질하며 단종임금이 잠들어 있는 장릉으로 올라갔다.

능소를 향해 참배를 드리며 임금님의 명복을 비는데 가슴에서 뜨거운 감정이 솟구치며 눈물을 울컥 삼키지 않을 수 없었다. 능소 주변에 나열한 구부렁한 소나무들도 우리의 마음을 알고 있다는 듯 장릉을 향해 스산한 바람 소리가 귓전을 지나고 있었다.

- 「강원도래유」

영월 장릉을 참배하고 잠시나마 역사 속으로 들어가 과거의 인물 단종을 만난 감회를 적었다. 이처럼 작가는 여행을 통해 생생한 지혜를 직접 체험하기를 좋아한다. 여행에서 얻은 지식이야말로 직접 눈으로 확인할 수 있는 역사요 삶의 지혜라고 말할 수 있다. 여행은 같은 시간에 현장에서 자신이 직접 주변 환경의 주인공이 된다는 점이다. 그래서 남에게 들은 지식보다 다 값지고 생생한 정보가 될 수 있다. 여행기를 읽는 독자 또한 작가와 함께 현장감을 느끼게 된다.

세상은 나를 중심으로 에워싸고 있다. 작가라면 주변이 온통 나를 주시하고 있다는 사실을 인식하지 않으면 안 된다. 문학은 말의 예술이다. 내가 쓰는 단어 하나가 사회에 끼치는 영향이 크다는 사실을 알아야 한다. 내 옆에는 가족이 있고 친구가 있으며 사회와 국가가 있다. 이러한 구조 속에서 나를 인식하고 이웃을 사랑하며 인류의 가치를 받들고 다듬어나가는 일이 작가가 지향하는 삶이다. 문학은 삶의 기록이다. 작가 김영주 또한 이러한 평범한 시민일 수밖에 없다. 사회의 구성원이 되어 남들과 부대끼며 살아가는 이야기는 곧 독자의 이야기일 수도 있다. 그래서 글을 읽는 동안 독자는 작가와 같이 진한 감동을 느끼게 된다.

김영주는 깊은 사색을 통해 문학이라는 샘에서 삶을 길어 올린다. 그리고 삶의 씨앗을 잘 갈무리해 온 오쟁이를 소중하게 보듬고 있다. 새봄을 맞아 봄비가 내리면 그 씨앗이 움트고 튼튼한 나무로 자라 우리의 마음에도 희망의 꽃들이 활짝 피리라.

김영주의 가족에 대한 마음은 자칫 메말라가는 현대인의 마음에 한 줄기 봄비가 되어 촉촉이 적셔 줄 것같다.

Ⅱ. 두 번째 씨오쟁이

시

숨바꼭질

세 살을 갓 넘긴 손녀 수연이
숨바꼭질하자며 엄마를 보챈다
쿵쿵대는 소리
이웃 피해 걱정한 엄마
내일 놀이터 가서 놀자
꼬드기며 달래본다

발꿈치 들고 게발을 한 채
발레리나가 된 수연공주
빙글빙글 돌며 너울너울 나래질
발자국 소리 하나도 안 들려요

할머니는 커튼 뒤로 숨고
엄마는 냉장고 뒤로 옷자락 감춘다

공주 재롱에 익어가는 겨울밤
행복 꽃이 몽실몽실 피어오른다

봄소식

들려오네
뽀스락뽀스락
꽃창포
대문 열고 나오는 소리

들려오네
스르르 사르르
목련꽃
하얀 속살 드러내며 나오는 소리

봄은
오고 있는데
봄은
다가오고 있는데

곱게 화장하고 떠나가신
누님의 어여쁜 모습
가물 가물거리네

들고양이

승용차 엔진덮개 온돌방 삼아
지긋이 눈감고 졸고 있는 들고양이

예전엔
쥐 잡는 포도대장 곳간 지킴이
온돌방 아랫목 독차지하였지

오늘날
생선 뼈 통닭 뼈 불법투기 단속
종량봉투검열관 위촉되었나

총애하던 주인 사랑 강아지한테 넘긴 채
인가 주변 골목길 어슬렁거리네

요즈음
강아지 미용실 가면 염색파마는 기본이고
패션 옷에 전용호텔 납골당까지
사람보다 귀한 대접 받고 있구나

내비 두어라
세상이 바뀌었다고 행복까지 바뀌었나
나들이할 때 목줄 안 해도 되니
이내 몸 편안하고
뒹굴고 꼬리치고 아양 안 떨어도 되니
심신이 편하구나

애착을 버리고 마음을 비우니
행복이 가슴으로 들어온다네

섬진강을 그리다

하늘 문 열리던 날
지리산과 백운산이 함께 흘린 땀방울
한 줄기로 어우러지며 흐르는 물길

바위 돌 굴리고 굴려 다듬은
재첩의 보금자리 백사장

하동 땅 부임한 조선의 도호부사
천년 앞을 내다보고
초록으로 덧칠해 둔 송림
하동포구 팔십 리 화폭이 탈고되었다

그칠 줄 모르는 조선의 당파싸움
오백 년 터널 막장
일장기에 짓밟힌 한반도

원두막 기둥마다 새겨진 칼자국
북해도 징용 다녀온 노송 정령

툭 툭 툭 갈비뼈 튀어나올 때까지
도끼로 찍고 칼로 도려내고
주~울 줄 선지피
흘러내린다

경상도 전라도가 그린 화합의 강줄기
낮은 곳으로 낮은 곳으로
몸을 낮추며 흐르는
한 폭의 섬진강

낭만도시*

종포 해변에 밤이슬 내리면
포차, 포차마다
청사초롱 불 밝히네

연인 친구 가족
철새 텃새 밤새들 꾸역꾸역 모여
줄을 선 채 기다린다

묵은 김치
흑돼지삼겹살 삼합전골요리는
전설이 되었고

이 고장 명주
여수 밤바다
술잔에 찰랑찰랑 사랑이 넘실넘실

얼굴마다 동백꽃 붉게 물들고
가슴마다 행복꽃 피어오르네

* 낭만도시 : 포장마차 이름

200

요절한 사랑 *

함박꽃 봉우리를 짝사랑한 아들
아직은 꽃피울 때 아니라며
따독거린다

어제도 오늘도 잠 못 이루고
꽃망울 주위만 빙빙 도는 벌 나비 사랑
활짝 웃는 함박꽃 피우기도 전에
맴돌다, 맴돌다가 요절하였다

사랑 때문에 요절한 벌 나비 안고
땅을 치며 통곡하는 엄마 벌 나비

이듬해
삼복 햇살이 시들어갈 무렵
벌 나비 무덤가에
상사화 한 송이가 피어올랐다

* 요절한 사랑 : 영계마을에서 이십 대 청년이 연하의 소녀를 짝사랑하다
  뜻을 이루지 못하고 스스로 목숨을 끊은 사랑 이야기이다.

딱정벌레

발통을 굴리며 미끄러지듯 날아가고
숨은 쉬지 않아도
낙타와 다크호스 추월했지요

무지개색 멋진 외투
기분대로 입맛대로 골라 입구요
먹는 것은
가솔린 가스 수소 전기 원자랍니다

사는 곳은
글로벌 오만 나라
종류는 형형색색
사람이 만들어낸 걸작품이지요

공양미 삼백 석에
바다 건너 먼 나라 팔려도 가고
거리마다 공터마다 늘려있지요

허물 벗은 딱정벌레
달나라 우주 심해 여행을 떠나네

어디까지 진화하나
딱정벌레는

목련의 결혼식

햇살 부서지는 남산 언덕배기
목련의 결혼청첩장
지나가는 바람에 띄우니

신부측 하객
숙덕숙덕 미리 와 자리를 잡고
신랑측 하객
와자지껄 서둘러 빈자리 메운다

'축의금은 마음만 받습니다'
방(榜) 써 붙이고
목청 틔운 뻐꾸기 사회를 본다

혼례비용절감, 다산(多産)의 꽃망울
목련 부부 앞장서서 터트리는구나

장롱 속에 배냇저고리
준비해 두고 온
엄마의 기도

참게의 고향

철갑옷 입은 참게 한 마리
만삭 몸 풀려고 집을 나섰다
열 개 다리 벌려 거북선 흉내 내고
칠흑 밤마다 둥둥 떠내려간다

밀물썰물 어우러진 섬진강 갯벌
또래의 임산부 다 모이는구나

아기 참게 가슴 안고 부르는 자장가
나의 살던 고향은 남천 개울가
물레방아는 한가롭게 돌고
모래무치 아기새우 정답게 놀았지

사각, 사각 사르르, 사르르
엄마가 알려준 고향 찾아가는 길

전염병 코로나로 하나둘 죽어가고
엄마가 불러주던 자장가 소리
꿈속에서 아련히 들려오는데

사량도

지리산이 품고 있던 아기 거북이
한려해상 우뚝 솟아 지리망산 되었나

어미 산이 그리워 바라보다
목이 두 동강 난
사량사량도

상도 하도 잇는 가야금 걸치니
다시 한 몸으로
환생하였구나

푸르다 푸르다가
하늘이 된 쪽빛 바다

가리비 구름은 하늘을 날고
거품 같은 인생은 파랑에 맴도네

송도해변

천마산 왕거미 해변 내려와
언덕배기 바다 건너 산마루까지

두 가닥 동아줄 걸치고
대롱대롱 조롱박 매달았구나

바람같이 구름같이 모이는 인파
신이 난 물레는 빙글빙글 돌고

가족끼리 친구끼리
갈매기와 한 몸 되어 하늘을 난다

어묵 해물 생선회 생각만 해도
군침이 꼴깍

노을이 붉디붉게 피어오르면
눈부신 황혼을 맞는다

사촌

'형제 남매 자매 사이는 이촌이라
가르쳐주시던 할아버지

푸른 조끼 하나 같이 걸치고
황산 항주 소풍 갔지요

서해협곡 기암괴석 발아래 구름바다
선녀처럼 도인처럼 구름 위를 거닐고

천길만길 낭떠러지 내려올 때는
두 다리가 후들후들 오금 저렸네

수양버들 녹색도포 고옵게 입고서
이웃 나라 귀한 손님 맞아주는 인공호수 '서호'

유람선은 하늘 위에 발자취 남기고
우리 사촌 물결 위에 화목꽃 피웠네

할아버지 살아생전 산수자연 즐기더니
손자손녀 할아버지 꼭 **빼닮**았네

민들레

길섶에 웅크린 채
밟히고 밟혀도 모질게 살아가는 당신으로부터
인내 정신 배우고

꽃대 올라오는 순서대로 꽃 피우는 당신으로부터
기본질서 본받는다

홀씨 깃털 바람에 날아가
가시밭길 돌담 길섶 잘도 사는 당신으로부터
자립정신을 배운다

황혼이 오면 새하얀 둥근달 머리에 이고
말없이 미소 지며 떠나는 당신으로부터
둥글둥글 살다 가라는 가르침을 새긴다

작아 보이지만 하늘 같은 성자(聖者)여
당신은 민들레

남바구*

장암으로 가는 길목
느티나무와 남바구가 어우러져 살고 있다

느티나무가 남바구를 안고 사는지
남바구가 느티나무를 품고 사는지
아무도 모르지만
태풍 사라호도 부둥켜안은 채
오붓한 사랑으로 이겨낸
남바구 금실 좋은 부부 모르면
이 고장 사람이 아니지

반석 언저리에 머리털 빠진 무덤 닮은 대장간
대장장이 한 손엔 풀무 잡고 한 손엔 집게 들고
쉬~이 쉬~이 밀고 당기는 가락 소리
바람결에 매달려 날아간다
화덕 속에 홍시보다 붉은 불꽃 솟구치면
시우쇠 넣어 달구고 꺼내 두들기고 쉴 틈 없어라
낫 괭이 호미 마음대로 만드는 구부렁한 마술사

반석 한복판에 장기판 벌어지고
훈수꾼 꾸역꾸역 구름처럼 모여든다
기차 타러 가는 사람, 고향 찾아오는 사람
마중 나와 기다리는 사람
시끌벅적 영계마을에 땅거미 내려온다

오늘도 반석에 홀로 앉아
고향 떠난 막둥이 기다리는
아버지 우리 아버지
물레방앗간 대장간은 흔적조차 없는데…

* 남바구 : 하동 영계마을 입구에 위치한 큰 바위(반석)로 이 일대를 '남바
구'라 부른다.

야합화*

자귀나무 한 그루 뜨락에 심어놓고
햇살 지고 달 기운지 까마득하다

낮이면 잎새 벌려 햇살을 받고
밤이면 잎새 모아 기도하구나

연분홍 비단 활옷 곱게 차려입고
싱그럽고 싱그러운 이파리 우에서
사랑 가득 내려주는 손톱 달 향해
덩실덩실 춤사위
새아기씨

진한 향 내음
방문 열고 들어오면

여름은
더욱더 붉게 붉게 익어만 간다

가시쟁이댁*

찔레나무 새순 나와 봄을 틔울 때
가시덤불 찾아온 박새 가시버시
돌과 흙 물어날라 토담을 쌓고
억새풀 덮어 오두막을 그렸다

뗏거리 바닥나 돌중이 된 신랑 박새
입속으로 기어드는 염불 소리
보리 시주 한 바가지 걸망에 지고
인생길 고행길 넘어가고 있구나

배고프다 칭얼대던 어린 박새들
어미 몰래 가시덤불 비집고 나와
아들은 머슴살이 딸은 식모살이로
갈바람에 매달려 떠나는구나

가시쟁이댁 오두막 조각구름
바람에 가뭇없이 사라지고
소낙비에 망초가 머리 감고 있구나

* 가시쟁이댁 : 가시덤불속에 산다고 하여 붙여진 택호

딱새 부부

수양버들이 숨겨둔 딱새 둥지
우리 가족이 머물던 보금자리

손가락 빨다 잠든 노랑 부리 안고
보금자리 갖는 꿈을 꾸며
알뜰살뜰 살림살이 그려왔지요

방긋 방긋 웃음꽃 안겨주던 아이들
오만 가지 걱정마다
뜬눈으로 지새운 나날들

깃털 갈고 짝지어
날아갔네요

딱새가 떠난 수양버들 둥지
우리 가족이 머물던 사랑의 보금자리

가을 부채 모지랑이 벗어던지고
사랑 찾아 행복 찾아 소풍 떠나는
딱새부부

아버지
— 아버지 기일에

불혹 넘어 얻은 막둥이
턱수염으로 쓰다듬어 주시고

어섯눈 뜨고 넓은 세상으로 날아가라
따독거리시던

고향 떠난 막둥이
반석에 홀로 앉아 기다리시던
아버지

반야의 강을 건너 떠나신 뒤에야
감돌과 버력을 구분할 줄 알았고
정신과 육신 모두
아버지한테서 왔음을 깨달았습니다

하늘보다 높고 큰 은혜 갚을 길 없는
아버지 우리 아버지

위양지의 봄

주~욱 죽 늘어진 수양버들 발 사이
한 폭의 수채화 그려 놓았다

수양버들 꽃송이 몽실몽실 깔아 만든
그림 속의 무대

물끄러미 내려다 보던 이웃 산
연두색 이파리 햇살에 그을려 깜둥이가 된
녹음가족
이놈저놈 데리고 와 자리 잡고

팔순 넘긴 이팝나무
이 고장 명품 쌀로 밥을 짓는다

구름 위에 떠 있는 누각
푸른 도포 걸친 도인 바둑알 내리고
꾀꼬리와 산비둘기 헤엄을 친다

위양지의 봄 잔치 구경 나온 낮달
가물치와 어우러져 물장구치며
세월을 붙잡아 매고
눈 속에 지그시 그려보는 별천지

위양지의 봄은 영글어 간다

정든 임이 오셨는데 인사를 못 해
행주치마 입에 물고 입만 뻥긋
아리 아리랑 쓰리 쓰리랑
아라리가 났네

존티* 할미새

생채기 한 점 없이 고옵게 자라
꽃가마 타고 시집온 새아기씨

다랑이 묵정밭에 고구마 심고
움막 둥지 달콤한 신혼생활
옥동자 얻어 행복의 꽃을 피웠다

별들이 총총 총 속삭이던 날
갑자기 몰아닥친 먹구름
일장기로 낭군을 묶어가 버렸다

화들짝 놀란 새아기씨
정화수 한 사발 소반에 떠놓고
비옵나이다 비옵나이다
우리 낭군 무사귀가 비옵나이다

온몸에 피멍 자국 삼베로 감싸며
낭군님 못 지킨 죄인이라 고개 숙인 채

떡두꺼비 아들 하나 올곧게 키워
싸리문을 나서려다
육이오 태풍이 삼키고 말았다

살구나무 열매가 정화수사발에
투~욱
떨어지던 날 새벽
움막에서 들려오는 곡(哭)소리
흐느끼며 울부짖는
존티할미새

* 존티 : 하동 적량면에 있는 마을 이름으로 택호**를 말함
** 택호 : 성명 대신 처의 출신지명이나 벼슬의 명칭, 또는 호를 붙여 부르
    는 이름

우단동자

천마산 도사촌 친구 집에서
동자 모셔와 선방 차려드렸다

추위와 배고픔 참고 견디며
화두 하나 들고
고행의 바다 수행하는 동자

가부좌 틀고 지그시 눈 감은 채
쏟아지는 햇살 가슴에 담는다

마음을 내려놓고 새벽이슬 마시며
우주팔방을 오르락내리락

사월 초파일 부처님 오신 날
해탈의 꽃봉오리 한 아름 안고서

마음에서 마음으로 전하는 자비의 꽃
우단동자

찔레꽃

녹음 흐트러진 호젓한 오솔길
솔바람 타고 나타난
향기로운 아가씨

이웃 매화는
일찍이 학부모 되었고

태깔 좋은 진달래
달콤한 신혼 꿈 헤어날 줄 모르고

또래 아가씨들
벌 나비 따라 하나둘 시집 가고
텅 빈 버섯마을 홀로 남아
백마 탄 낭군을 기다리는

화장하지 않아도
향기가 천 리를 날아가는
찔레꽃

동행

가야산 홍류계곡
밤마다 구슬프게 울부짖는 두견새
임 그리워 애간장 태우는 곰솔

해인사국사단 산신할미 * 찾아가
색시하나 점지해 달라 애처로운 기도

곰솔 총각이 등나무 처녀와 인연 맺었나
한 몸으로 태어난 곰솔등나무

사랑이 사랑을 보듬고
곰솔이 등나무 꽃을 피웠네

홍류계곡 으뜸 사랑 시 한 수
꼭두새벽 탈고하여 바람결에 띄우며
맛깔스레 살아가는
곰솔등나무

* 산신할미: 해인사 국사단에 모셔놓은 국사대신(깨달음의 어머니)

모죽

오백 년 같은 오 년을
걸음마 익히며
남모르게 준비하는 기나긴 세월

아래로 더 아래로
내공의 탑을 쌓는 당신

직박구리 가시버시 날아와
봄의 향연 노래 부르니

검푸른 왕관 머리에 쓰고
하늘 향해 힘차게 솟구치는
세상에서 제일 올곧은 당신

꿈과 희망을 일깨워주는
당신은 모 죽

구절초아지매

시영마을
구부렁구부렁 두렁길 따라가면
문득
하얀 미소로 반기는 새아기씨

이글거리는 삼복 햇살 내려와
붉게 태우려 심술부리지만
절개 하나로 굳게 지켜낸 새하얀 얼굴

육이오 동란 때 끌려가
소식 없는 당숙 아재
구월 구일
제사상 준비하는 당숙 아지매
큰방 술 단지에 구절초 꽃 송이송이 띄워
이불로 감싸고 치성드린다

아지매 홀로 헌관이 되어
한잔 술 따라 빈 잔 채우면

넙죽넙죽 잘도 받아 마시는 당숙 아재 영령
오랜만에 반쪽 만나 주거니 받거니
꽃술 내음에 아재가 취하고
제주 향기에 아지매가 취하네

하얀 소복에 새하얀 얼굴이
불그스레 물 들어가면
작두콩만 한 눈물 뚝 뚝~ 뚝
앞치마에 번진다

시름시름 한 생애 살다 가신 새아기씨 꽃
구절초아지매

황혼의 멋쟁이

어려서 보았을 땐
세상에서 가장 늙으신 할아버지

청년 시절 보았을 땐
멋 낼 줄 아시는 집안의 어르신

중년이 되어 바라보니
산전수전 험난한 파도 넘어오신 마도로스

황혼이 되어 새롭게 보니

잘 잘못을 알면서도
너그럽게 덮어 주시고

화가 치밀어도
한바탕 웃음으로 긍정의 마음으로
사알짝 한 페이지 넘겨주시고

온몸으로 나이테 향기 풍기며
쓴맛 단맛 다 보시고 살아오신
인생 요리사

머리에까지 내려온 낮달을
중절모로 사알짝 감추시는
어르신
황혼의 멋쟁이

창원에 살으리랏다

낙남정맥 * 끝자락에 그려 놓은 산수화
무학 광로 천주 불모산
원시림 만나는 둘레길
반나절 한나절 하루 코스 이틀 코스

천주산 진달래가 봄처녀 왔다 소리 지르면
거리마다 산야마다
꽃무리 우루~ 루 몰려 나와 만세 부르고

이글거리는 햇살이 숲을 태우면
가슴으로 반겨주는 엄마의 품속
달천 성지 용추계곡

눈송이 펑펑 내리는 엄동설한
물안개 몽실몽실 온천탕 안에서
이야기꽃 도란도란
마금산온천

까치밥 인심 글로벌 세상 소문나
수만 리를 날아오는 겨울 진객
고니 두루미 가창오리의 보금자리
주남저수지

세계 으뜸 조각가 문신
문학계의 큰 별 이은상 김달진 이원수 선생님
발자국 선명하게 살아 숨 쉬는

넉넉하고 인심 좋은 숲의 도시
창원에 살으리랏다

* 낙남정맥 : 지리산 영신봉에서 김해 분성산에 이르는 산줄기의 옛 이름.

향수(鄕愁)

온몸으로 햇살을 가려주는
느티나무 그늘 아래
반석 위에 가부좌 틀고 앉아
멍 때리며 바라본
남천개울가

지금은 사라지고 없지만
삐거덕 삐거덕
힘겹게 돌던 물레방아
가래떡 뽑으시던 우리 엄마
고추방아 찧으시던 우리 아버지

눈이 시리도록 맑디맑은 남천개울
징검다리 사이사이로
보리피리 아기 새우
오르락내리락
소풍 갔었지

홀랑홀랑 옷가지 벗어 던지고
다이빙하고 물장구도 치고
찔레 순 꺾어 주린 배 채우던
단짝친구도 있었지

아
인연 따라 모였던 뭉게구름 한 조각
꿈같은 한세상
바람 따라 사라지고

덩그러니 홀로 남은 나는
등신불

자드락비

우리 집 원룸 옥상에
허락도 없이 찾아와
북치고 장구치고 밤을 지새우는

가뭄으로 불타는 오두막
'불이야' 외치며 물동이 이고 달려온

고수의 북장단에 덩실덩실 추는
춤사위 빗방울
우두둑 우두둑 우두둑

방울방울 거품 방울 만들어 보여주며
'인생은 거품이더라'
고래고래 판소리로 일깨워주는
자드락비

망초의 누명

망초의 고향은 북아메리카
어딜 가나 붙임성 있고
자손 번식 분야 세계챔피언이랍니다

경술국치로 나라가 일장기에 가리던 해
자식농사는 풍년가를 불렀답니다

조선왕조백성들이 떼거리로 몰려와
왜놈 앞잡이라 누명 씌우고
적폐청산대상이라 면박했지요

이 땅에 귀화한 지 백 년이 넘었으니
이제는 망초가 토박이 아닌가요
'친일파 누명 벗겨 달라' 시위하는
망초 개망초

후투티

호젓한 숲길 따라 오르는 남산루 *

이마에 왕관을 쓰고 내려오는

패션모델 걸음걸음 화려한 자태
댕기머리 추장 깃 눕혔다 세웠다

알속 아기 깰 때까지 삼칠일 간 품어주고
노란 부리 입속으로 사랑 담아 넣어주는
사랑새

숲의 도시 창원시라
홍보하는 후투티

* 남산루 : 창원시 의창구 팔용동 남산공원에 있는 누각 이름

참나리 꽃

직박구리가 한세월 살다 간
눈주목나무 군락

두근거리는 가슴 안고 **빼꼼히** 내미는
꽃대궁 하나

숲속 나리아가씨 선발대회
무대 중심에 우뚝 선 나리의 여왕

쏟아지는 땡볕에 그을려
주근깨 알알이 순수 얼굴 그대로
방금 탈고한 꿀단지 안고서
호랑나비 낭군님 기다리는
참나리 꽃

어머니

앵두가 빨갛게 분칠하던 날
사바세계 내려와 울어대던 아기공주
조랑말 탄 낭군님 따라
종가 맏며느리로 시집갔다네

힘들고 눈물겨운 시집살이
시아버지 위로에 눈물 재 넘으며
산 중턱 초막에서 쑥버무리로 명줄이었다

남천부부회갑연 바람결에 띄우니
의원 면장 이웃 친척 구름처럼 모이구나

베푸는 봉사은덕 자손만대 심어주고
선비 가문 자식 교육 올곧게 하시더니
어머니 한 생애 구름 따라 사라졌네

화목의 꽃으로 피었다 사라지신
어머니, 우리 어머니

부모님 영전에
— 부모님 기일에

삼가 부모님 영전에 고 하나이다
유수와 같은 세월의 물레는 돌고 돌아
어느덧, 아버님께서 우리 곁을 떠나신 지 33년이 지나고
어머님께서 세상을 떠나신 지 27년이 흘러갔습니다

그동안
부모님께서 저희들을 사랑으로 보살펴 주신 덕분에
종손 부열이가 손자 태건이와 규빈이를 얻었습니다

아버님 어머님!
올해를 마지막으로 부모님 제사를 큰조카 집에서 모시고, 내
년부터는 아버님께서 한때 유사를 맡아 하시며 남기신 발자취가
아직도 서려 있는 화산재에서 부모님 시사를 모시도록 하겠습니
다 아버님 어머님 두 분 손 꼭 잡으시고 강림하시어 흠향하시옵
소서

지금까지 부모님 제사를 맡아 정성껏 준비하고 참석하신 가족
모두에게 감사의 인사를 드립니다 고맙습니다

팔순연 축시
— 영환형님 팔순연을 축하드리며

구 남매 중 셋째아들로 태어나신 우리 형님
슬하에 듬직한 아들만 셋 낳아
금이야 옥이야 남부럽지 않게 키웠더라

예쁘고 착한 며느리 셋 들어와
세 가족 이루고
귀여운 손자 손녀 셋을 얻었으니
바지랑대 셋이 우리 형님 떠받치네

세 잎 클로버 꽃말은 행복이요
네 잎 클로버 꽃말은 행운이라

팔순 고개 넘어오신 우리 형님
네 잎 클로버 찾으려고 욕심부리지 않았고
편안한 듯 마음 비워 행복 꽃을 찾은 주인공입니다

비록 삶은 병마에 고달프지만
아들 며느리 손자 손녀 번갈아 찾아와

웃음꽃 심어주고 화목의 꽃 피워주니
이 또한 즐겁지 아니한가

달콤하고 향기로운 황혼의 복(福)을 함께 누리지 못한 채
하늘 멀리 날아간 원앙의 초혼(招魂)이여
내 몸같이 챙겨주던 사랑하는 행지여사여

가신임 그리워
남몰래 삼키는 선지피
다음 생엔 꼭 다시 만나
못다 한 사랑 곱으로, 곱으로
다 해주리라

고희연 축시

빈손으로 태어나
큰 소리로 울어대니
두 손 벌려 반겨 준 이 세상

업어주고 달래주시던
그 손길
이슬처럼 사라지고

북방의 인연으로 사랑님 숙자여사 만나
아들 둘 낳아 금이야 옥이야 길러
딸 같은 며느리 둘을 맞이하였고
귀염둥이 손자손녀 셋이나 얻었지요

어제는
고희가 백두산보다 높아 보이더니
오늘 와서 바라보니
코앞이 고희로다

오대양 육대주 바람 따라 다니며
세상 구경 사람 구경 소풍도 가고
다시는 되돌아갈 수 없는
꿈속의 꽃길을 걸어왔네요

문수산 봄 햇살이 딸꾹질하여
태화강 변에 초청한 꽃 잔치 한마당

내외종 형제자매 끼리끼리 모여 앉아
주거니 받거니 한 잔의 곡차
영곤 형님 고희연 축하하고 있네

심장에는 떡방아 절구 소리
들려오는데

감사의 기도

단지 3분만 숨을 쉬지 않아도 살 수 없는 이 목숨을 평생 동안 마음대로 공기를 마실 수 있도록 해주시고, 10일간만 물을 마시지 않으면 죽을 목숨을 평생 마실 수 있게 하여 주시고, 해와 달의 조화로 모든 생명을 살게 해주시는 대자연에 감사드립니다

해방 이후 수많은 국가 가운데 가장 가난하고 힘없던 나라에서 위대한 지도자 박정희 대통령을 만나 '하면 된다'는 긍정의 힘 하나 들고 피눈물 나는 고통을 참고 견디며 세계중심 경제대국을 건설하느라 수고하신 서독파견 간호사와 탄광 근로자를 비롯한 국내외 우리 대한민국 국민에게 감사드립니다

보잘것없는 나를 고희가 코앞에 올 때까지 직장생활을 할 수 있도록 배려해주신 한진, 한성, 한신, 한창가족회사 대표 김창호 회장님과 동료 사원 여러분께 감사드립니다

울음소리 하나들고 이 땅에 태어날 때 웃음으로 반겨주시고, 미동도 못 하는 핏덩어리의 진자리 마른자리를 갈아주고 보살펴주신 부모님과 가족 모두에게 감사드립니다

하동이라는 산 좋고, 물 좋고, 인심 좋기로 유명한 고향 땅에 함께 소풍 온 까까머리 단발머리로 딱지치기, 구슬치기하고 발가벗고 멱 감으며 신나게 뒹굴고 놀던 친구들과 사회나 직장생활을 하며 부대끼고 만났던 모든 분들에게 감사드립니다

나와의 연인으로 만나 그림자처럼 뒷바라지해주며 사랑으로 한 몸같이 살아온 최삼옥 여사님께 감사드리고, 늘 올곧고 성실하게 살아가는 장남 치오, 착하고 예쁜 며느리 조아라, 마음씨 고운 장녀 선미, 항상 믿음직한 사위 송민호에게 감사하고, 만날 때마다 웃음꽃을 한 아름씩 안겨주는 귀염둥이 수연이, 수현이, 수지에게 감사합니다

그동안 '씨오쟁이'라는 에세이 앤 시를 담을 수 있도록 참고자료를 챙겨주시고 퇴고를 도우며, 수고로움을 아끼지 않으신 황금알 관계자 모든 분에게 고개 숙여 감사의 기도를 드립니다 고맙습니다

공자(孔子)의 시학 그리고 풍류도(風流道)

— 김영주의 시에 대하여

김영탁(시인 · 『문학청춘』주간)

공자와 풍류도

김영주의 시와 에세이를 읽으면서 생각나는 건 공자의 시학과 풍류도였다. 시편들을 관통하는 정조는 유가(儒家)와 풍류가 함께 어우러져 춤추고 있다. 현대시가 복잡하고 다양한 양상을 보이는 시점에서 김영주의 문장은 차라리 소박하고 담대하였다. 그리고 흩어진 무협(武俠)의 한 문파처럼 현대시가 고립을 위하여 치달린다고 해도 이상할 게 없지만, 아! 어쩌면 그런 게 당연한 일일 수도 있을 듯하지만, 김영주의 시를 대하면서 단순하고 소박한 것이 위대하다는 말처럼 머리를 끄덕이지 않을 수 없었다. 그 단순함이란 것은, 필요가 필요를 더하여 복잡한 기술을 필요로 하여 과학의 결정체를 이룬 발명품을 탄생했다고 하면, 그것의 최종적인 결과물은 아예 단순한 것이 아닐까.

시란 무엇이냐는 근원적인 질문에 대하여 정통적인 유가(儒家)들은 도덕과 교훈의 일종이라고 대답할 것이다. 시 300수(詩三百首)로만 언급한 『시경(詩經)』에서 그 유래를 찾을 수 있을 뿐인데, 이러한 견해를 견지하는 사람들은 자연 공자(孔子)를 그들의 전거(典據)로 인용한다. 그렇지만 공자가 명확하고 규율된 시관(詩觀)을 갖고 있었는지는 확신할 수 없다. 시경에 관한 그의 진술조차도 다양한 환경에 따라 성격상 변화를 보여왔다. 이러한 유보적인 조건에서 공자의 시론에 관한 구체성은 후세에 남은 사람들의 분분한 추론일 수밖에 없을 것이다. 『논어(論語)』에서 진술한 대목을 보면, 특별한 논평보다 시경을 전체적으로 말했다고 봐야 할 것이다.

시경 300편을 한마디로 덮어 말하면 생각에 사특함이 없다(詩三百, 一言而蔽之日; 思無邪, 爲政 第2). 시에서 일어나고, 예에서 일어나고, 예에서 서고, 악에서 이룬다(興於詩, 立於禮, 成於樂, 泰伯 第8). 시는 흥겹게 할 수 있고, 보게 할 수 있고, 무리 짓게 할 수 있고, 원망하게 할 수 있다. 가까이는 어버이를 섬기게 하고, 멀리는 임금을 섬기게 할 수 있으며, 조수(鳥獸) 초목(草木)의 이름을 많이 알게도 한다(詩, 可以興, 可以觀, 可以怨, 之事父, 遠之事君, 多識於鳥獸草木之名, 陽貨 第17).

위의 진술로 보건대 공자는 『시경(詩經)』을 도덕을 고양하거나 정서를 일으키는 방법만이 아닌 듯하다. 이를테면 수사의 다양하고 풍부한 텍스트로서 지식의 창고라고 생각한 것이다. 그러니까 시란 도덕적 교훈을 넘어서 다른 텍스트를 잉태하는 근원까지 수용하지 않았나 하는 생각이 든다. 어쩌면 당연한 귀결일 수 있지만, 공자가 생각한 시학이 유가를 넘어서 시의 영토를 확장한다는 의미가 크다. 이렇게 공자의 시학을 언급할 수밖에 없는 것은 김영주의 시편들은 유가의 크고 작은 봉오리들과 연대하고 있기 때문이다.

한편, 한국의 전통적 문학사상이나 문학관을 한마디로 얘기하면, 문이재도(文以載道; 문장으로 도를 싣는다는, 문과 도의 관계에서 도를 더 강조하면서 문학의 사회적 책임을 강조한다)와 관도지기(貫道之器; 문장은 도를 꿰는 그릇이라는 뜻으로, 문과 도의 관계에서 문의 중요성을 강조하는 개념의 문학관) 등의 말로 집약할 수 있는데, 어쨌든 도를 견인하는 것임에 의의가 없다(載道文學觀). 입체적으로 우리나라의 풍류도 연원을 살펴보면, 통일 신라시대까지 소급할 수 있다.

> 다만 저는 출세에 생각이 없었으므로 물러갈 것에 뜻을 두었으며, 시편으로써 양성(養性)의 자료로 삼고 서권(書卷)으로써 입신의 근본으로 삼았습니다. 그런데 비록 녹은 먹으나 가난 걱정은 면치 못했으므로…
>
> — 최치원, 「여객장서」, 『최문창후전집』
> (성대 대동문화연구원 영인, 396쪽.)

과거 중원에서 이름을 얻어 장구 사이에서 아름답고 좋은 것을 맛보
았으나, 미처 성인의 도리를 마시어 취하지 못하였으므로 오직 진흙
속에서 허우적거림이 부끄러울 뿐이다. 하물며 불법(佛法)은 문자를
초월하였으므로 말을 붙일 곳이 없으니 구차히 말하려 하면, 수레채를
북으로 두고 남으로 영(郢)의 당에 가려는 셈이다.

- 최치원, 「진감화상비명」, (위의 책, 137~138쪽.)

위의 글을 참고하면, 도(道)와 문학을 연결하여 사고하는 제도
적 문학관을 엿볼 수 있다. 주목할 것은 문학적 이념이나 개인
이나 무리를 지닌 사상이나, 변화무쌍한 시대정신에도 불구하
고 역사를 관류하여 도는 지속하여 왔다는 것이다. 물론 다양한
변화와 함께 여러 곡절이 있었다 하더라도 도의 알맹이는 침범
당하지 않고 면면히 흘러온 것이다. 이러한 도의 지속성과 구체
성은 현재 작동하고 있는 문학작품이나 문화예술 활동에서도 증
명할 수 있다. 현재의 문학작품뿐만 아니라 세계를 홀리는 K팝
이나 영상 미디어 등에서 확인할 수 있다. 한편, 풍류도는 한국
의 신바람 나는 신명과 결합하여 산업의 영역까지 확장하여 한
국을 산업과학기술 강국으로 견인하기도 했다.

필자가 이렇게 장황하게 진술한 것은 김영주의 소박한 시편들
의 근원적인 실마리를 풀고자 함이다. 물론 김영주의 시편에서
공자와 풍류를 두부 자르듯이 정확하게 가를 수 없는 것은 두
가지 성정이 함께 어우러져서 육화하고 있다는 점이다. 우선 공

자의 시학에서 풀어볼 「사촌」 「민들레」 「아버지」 「위양지의 봄」 「모죽」 「향수」 「어머니」 「팔순연 축시」 「부모님 영전에」 등이 있다. 풍류의 정조를 간직한 시는 「위양지의 봄」 「쁘라삐리운」 「산까치의 노래」 「나의 친구들」 「홀인원」 「나비의 신혼여행」 「목련의 결혼식」 「황혼의 멋쟁이」 등이 있는데 앞에서도 강조했지만, 유가(儒家)와 풍류(風流)가 서로 들락날락 회통하면서 우리의 신명과 어깨동무하고 있다는 점도 특징이다.

회통하는 시편들 그리고 신명

봄은/ 오고 있는데/ 봄은/다가오고 있는데// 곱게 화장하고 떠나가신/ 누님의 어여쁜 모습/ 가물 가물거리네(「봄소식」 부분)

봄이 오는 풍경을 입체적으로 묘사하면서 가만히 있어도 봄은 다가온다고 하는 화자의 심정은 떠나간 누님의 아련한 모습으로 겹쳐진다. 봄이라는 계절의 실체와 누님이 떠나간 실루엣은 현실의 바탕에 그려진 아련한 서정을 불러일으킨다. 이로 미루어 보면 화자가 그리워하고 사랑하는 대상은 가냘프지만 아름다움을 간직한 사라지는 대상에 대한 연민이라 할 수 있다. 김영주 시편들 중 아름다운 서정성을 간직한 시라고 생각한다. 이제부터 공자의 시학과 연대한 시편들 중 전문이 아닌 부분으로 인용한 시들을 살펴보기로 한다.

할아버지 살아생전 산수자연 즐기더니/ 손자손녀 할아버지 꼭 **빼닮**았네(「사촌」)

반야의 강을 건너 떠나신 뒤에야/ 감돌과 버력을 구분할 줄 알았고/ 정신과 육신 모두/ 아버지한테서 왔음을 깨달았습니다// 하늘보다 높고 큰 은혜 갚을 길 없는/ 아버지 우리 아버지(「아버지」)

베푸는 봉사은덕 자손만대 심어주고/ 선비 가문 자식 교육 올곧게 하시더니/ 어머니 한 생애 구름 따라 사라졌네/(「어머니」)

팔순 고개 넘어오신 우리 형님/ 네 잎 클로버 찾으려고 욕심부리지 않았고/ 편안한 듯 마음 비워 행복 꽃을 찾은 주인공(「팔순연 축시」)

지금은 사라지고 없지만/ 삐거덕 삐거덕/ 힘겹게 돌던 물레방아/ 가래떡 뽑으시던 우리 엄마/ 고추방아 찧으시던 우리 아버지(「향수」)

아버님 어머님!
올해를 마지막으로 부모님 제사를 큰조카 집에서 모시고, 내년부터는 아버님께서 한때 유사를 맡아 하시며 남기신 발자취가 아직도 서려있는 화산재에서 부모님 시사를 모시도록 하겠습니다. 아버님 어머님 두 분 손 꼭 잡으시고 강림하시어 흠향하시옵소서(「부모님 영전에」)

위의 시편들은 부모와 형제 그리고 윗대에 대한 정(情)과 예(禮)를 노래하고 있다. "할아버지 살아생전 산수자연 즐기더니/

손자손녀 할아버지 꼭 **빼닮았**"(「사촌」)다고 진술한 부분은 재미있다. 윗대가 자연과 더불어 살았으니 자연히 손자손녀도 닮았다는 건 평이하면서도 구김살 없는 내림이라 할만하다. 팔순을 맞은 형님에 대한 애정과 무욕하게 살아온 생을 찬미한(「팔순연 축시」) 화자의 마음도 미쁘다할 것이다.

부모의 은혜와 사랑을 노래한 시 「아버지」「어머니」「향수」「부모님 영전에」역시, 사람의 신체와 터럭과 살갗은 부모에게서 받은(身體髮膚受之父母) 것이므로, 이것을 귀하게 하는 게 효의 출발임을 강조한 것이다. 화자는 부모의 사랑으로 태어남을 각별하게 자각하고 자애하는 마음으로 타인을 넉넉하게 사랑하는 너른 품을 가질 수 있는 것이다.

황혼이 오면 새하얀 둥근달 머리에 이고/ 말없이 미소 지며 떠나는 당신으로부터/ 둥글둥글 살다 가라는 가르침을 새긴다(「민들레」)

검푸른 왕관 머리에 쓰고/ 하늘 향해 힘차게 솟구치는/ 세상에서 제일 올곧은 당신(「모죽」)

산천초목에서 발견한 시 「민들레」와 「모죽」을 보면서 과장되게 얘기하자면, 원융무애(圓融無礙)와 용맹정진(勇猛精進)의 불가(佛家)적인 면도 언뜻 보인다. 민들레의 존재를 통하여 한결같이 원만하고 평등한 현상과 걸림 없는 이치가 융화하여 한 송이 꽃을 보고야 만다. 모죽이 하늘을 향하여 솟구치는 모습에서 바른 정진을 통하여 바른 깨달음으로 가는 도정을 그리고 있다.

　김영주의 시편들엔 신명과 풍류가 춤추고 있다. 그러니까 그의 시편들엔 풍류도라는 DNA가 각인되어 숨 쉬고 있다는 뜻이다. 다음 시편들을 읽으면서 김영주가 노니는 풍류의 여정을 살펴보기로 한다.

　　위양지의 봄 잔치 구경 나온 낮달/ 가물치와 어우러져 물장구치며/ 세월을 붙잡아 매고/ 눈 속에 지그시 그려보는 별천지(「위양지의 봄」)

　낮에 보는 낮달은 낮설다. 달의 존재는 밤의 바탕 위가 마땅하다는 인식으로 자리하고 있기 때문일 것이다. 낮달이 물에 비치면서 어쩌면 낯선 존재가 풍경의 무대 위에서 한가하게 노닐며 물장구치는 가물치와 어우러지는 장면은 몽환적일 수도 있다. 그러므로 시간이 멈추는 공간은 무릉도원으로 바뀌면서 별천지(「위양지의 봄」)가 태어난다. 풍류도와 도인법(導引法)의 양생(養生)과 무관하지 않다.

　　모였다가 사라지는 구름 한 조각/ 만났다가 헤어지는 우리네 인생(「쁘라비리운」)

　　사명대사 서기어린 '표충사' 뜰아래/ 여장을 풀어놓고/ 맘씨 고운 아낙이 정성으로 고아 준/ 진국 한 그릇 들이키니/ 온갖 피로 다 가시네(「산까치의 노래」)

한시라도 바삐 만나/ 흘러가 버린 청춘의 노래/ 밤새워 불러 볼 그 날/ 손꼽아 기다린다/ 그리운/ 나의 친구들(「나의 친구들」)

금정산 소나무 군락 언저리/ 담쟁이 뒤덮인 웨딩홀 하나/ 쏟아지는 햇살 조명 아래/ 너울너울 춤추는 사랑나비 한 쌍(「나비의 신혼여행」)

'축의금은 마음만 받습니다'/ 방(榜) 써 붙이고/ 목청 틔운 뻐꾸기 사회를 본다// 혼례비용절감, 다산(多産)의 꽃망울/ 목련 부부 앞장서서 터트리는구나(「목련의 결혼식」)

세속의 근심걱정 비우고 내리니/ 신선이 따로 있나 우리가 신선일세/ 연락선에 한 몸 싣고 뭍에 오르니/ 식당마다 반기며 손님맞이 대목이라(「홀인원」)

머리에까지 내려온 낮달을/ 중절모로 사알짝 감추시는/ 어르신(「황혼의 멋쟁이」)

흔히 인생은 공수래공수거(空手來空手去)라고 한다. 인간이란 빈손으로 와서 빈손으로 가기에 욕심부릴 게 없다는 의미로 본다면, 김영주가 노래하는 인생은 모였다가 사라지는 구름 한 조각(「쁘라비리운」)가 무엇이 다를까. 인간은 필멸의 존재이고 죽음을 기억함으로써, 근원의 비움이 결국 충만해진다는 풍류의 길을 갈 수 있을 것이다.

세속의 흘러가 버린 청춘을 노래함으로써(「나의 친구들」) 인간을 그리워하고, 맘씨 고운 아낙이 건네는 진국 한 그릇을 들이킴으로써(「산까치의 노래」) 사명대사의 서기를 떠올리고, 너울너울 춤추는 사랑나비 한 쌍(「나비의 신혼여행」)과 뻐꾸기 사회로 축의금은 마음만 받는 목련 부부의 결혼(「목련의 결혼식」)을 축복하는 화자의 눈길은, 인간으로서 가장 인간적인 면모를 보여주는 동시에 풍류와 신명이 함께 어우러져 춤추고 있다.

김영주는 세속에 발 딛고 있어도 늘 마음을 비우는 데 노력을 아끼지 않는다. 근심걱정 비우고 내리니 신선이 따로 있나 우리가 신선(「홀인원」)이라는 선언과 머리에까지 내려온 싱거운 낮달을 중절모로 사알짝 감추는(「황혼의 멋쟁이」) 멋은 풍류의 길을 멈추지 않는 도(道)와 시의 여정일 것이다.

다시, 공자와 풍류의 근원을 찾아서

김영주의 시편들과 산문을 관통하는 정조는 유가(儒家)와 풍류가 함께 어우러져 춤추고 있다. 현대시의 복잡다단한 양상에서 어떠한 전범적인 기준을 잡을 수는 없을 것이다. 그러나 다양다종한 시인들의 시세계에서 김영주의 문장은 차라리 소박하고 담대하여 구김살 없이 사무사(思無邪)에 닿아 있다.

김영주의 시편들은 유가의 크고 작은 봉오리들과 연대하고 있으므로 공자의 시학과 유대 관계를 맺고 있다. 또한, 변화무쌍

한 시대정신에도 불구하고 역사를 관통하여 도(道)는 문학 속에서 지속하여 왔는데, 김영주 시의 심상에서도 궤를 같이하면서 작동하고 있다는 점도 중요하다. 다양한 변화와 함께 도의 알맹이는 침범당하지 않고 면면히 흐르고 있다. 우리의 신명과 어우러져 지금도 살아 움직이고 있는 풍류도는 드디어 김영주의 시편들에서도 엿볼 수 있고, 현재의 문학작품뿐만 아니라 세계를 홀리는 K팝이나 영상 미디어 등에서 확인할 수 있다.

그러므로 김영주의 시편들은 유가와 풍류도의 아름다운 만남을 통하여 한국의 신바람 나는 신명과 결합하여 춤추고 있다. 이 아바타들이 세상을 아름답게 하길 바란다.